坊っちゃん

哥儿

〔日〕 夏目漱石 著

汪明 译

北京联合出版公司
Beijing United Publishing Co.,Ltd.

图书在版编目（CIP）数据

哥儿 / （日）夏目漱石著；汪明译 . —北京：北京联合出版公司，2016.11（2023.1 重印）

ISBN 978-7-5502-8713-6

Ⅰ.①哥… Ⅱ.①夏… ②汪… Ⅲ.①长篇小说—日本—现代 Ⅳ.① I313.45

中国版本图书馆 CIP 数据核字 (2016) 第 232513 号

哥儿

作　　者：[日]夏目漱石
出 品 人：赵红仕
责任编辑：刘　恒　徐秀琴
封面设计：吴黛君

北京联合出版公司出版
（北京市西城区德外大街83号楼9层 100088）
北京新华先锋出版科技有限公司发行
涿州汇美亿浓印刷有限公司印刷　新华书店经销
字数133千字　620毫米×889毫米　1/32　5.5印张
2016年11月第1版　2023年1月第3次印刷
ISBN 978-7-5502-8713-6
定价：46.00元

しか砲親
てらで譲
い損小り
るは供の
かの無
り時鉄

我生性鲁莽，为此吃了不少亏。

第一章

　　我生性鲁莽，为此吃了不少亏。

　　我在上小学的时候，有一次从学校的二楼跳了下来，结果伤了腰，躺了一个星期都没起来。有的人也许会问："怎么敢这样胡闹？"说来也没有什么特别的理由，只因为某个同学的一个玩笑。当时我正从新建的二楼探出脑袋向窗外张望，这位同学便对我挑衅道："胆小鬼，任你平时再嚣张，也断然不敢从这里跳下去。"我是被校工背回家的，父亲见此情景瞪着眼睛大骂道："哪有人笨到从二楼跳下来就伤着腰起不来的！"我还嘴硬地回道："我下次再跳给你看，一定不会受伤了。"

　　一天，亲戚送了一柄西洋刀给我。我拿着这把刀，将其对着阳光，刀刃闪闪发亮。朋友一边看着刀，一边说道："亮是够亮的！就是不知道够不够锋利。"听闻此言，我立刻保证道："怎么会不锋利，它什么都能切，不信我切给你看。"他继续道："既然如此，那你切下你的手指试试。"我当然不能服软:"手指就手指,你仔细瞧好了。"正说着我便真的将自己的手递上了刀口,然后沿着拇指的指甲斜着切了过去。然而,刀子太小,指骨太硬,所以我的拇指至今还是完整无缺的。不过,这道疤痕怕是要留在我手上一辈子了。

沿着我家的院子朝东走,大约二十步的距离,然后再往南走,就可以看到那里有一处高地。其实那是一片菜园,正中心的位置长着一棵栗树。于我而言,这棵树上的栗子简直比我的命还重要。每年栗子成熟的时候,我每天起床后的第一件事就是穿过后门去摘些栗子,然后带着去学校吃。

菜园的西边是一家当铺,叫"山城屋"。当铺有个小孩儿,是老板家的儿子,十三四岁的样子,叫勘太郎。在我们大伙儿看来,他就是个厌包。不过,他的胆子虽然小,却敢来偷栗子。要知道,他每次都得翻过四道围墙才过得来。

一日傍晚,我事先藏在了折叠门的后面,然后当场抓获了前来偷栗子的勘太郎。事发突然,勘太郎毫无准备,只得奋力地向我扑过来。他比我早生两年,即便胆子再小,力气却比我大。他的脑袋对着我的胸就撞了过来,只是一没留神,整个脑袋都钻到了我那宽松的和服衣袖里。我的手就这样被卡住了,也没有办法自如地活动,只能用力地摇晃手臂,而勘太郎的脑袋也跟着在我的袖子里左摇右摆。最后他实在受不了了，便在我的手臂上狠狠地咬了一口！这一下疼得厉害，我就拽着他走到了篱笆旁，用腿别住了他，一下子便将他推倒在了隔壁。菜园要比山城屋的地面高出六尺的距离，勘太郎栽倒了过去，这第四座围墙的篱笆就损毁了一半，而他本人则昏倒在自家的院子里。与此同时，我的一只衣袖借力被撕了下去，我的那只手也就此恢复了自由。当晚，母亲知道这件事后，特意跑到对方家里道歉，顺便还把我衣服上那只撕掉的袖子要了回来。

除了这些，我还干了好多淘气的事。

有一次，我带着木匠家的兼公和鱼贩家的阿角，一起去了茂作家的胡萝卜园，结果把那里的菜地弄得乱七八糟。种在那里的胡萝卜，芽都还没有全长出来，上面被铺了一些稻草，我们仨就在那上面玩了好长时间的摔跤。可想而知，那些待发芽的胡萝卜，就这样被我们踩烂了。

还有一次，我把古川家地里的水井给塞住了，人家还找上门来把我骂了个狗血淋头。我们那里的水井是灌溉稻田必备的一种设备，用的是那种特别粗的江南竹，人们将其内里挖空后，插入土中，以此引流。当时的我哪里知道这个东西是做什么用的，只是贪图好玩儿，便往竹管里塞满了石头、木棍等乱七八糟的东西，直到不再往外流水了才肯回家吃饭。古川因此狠狠地数落了我一通，最后我家赔了钱才算了事。

父亲打小就不太喜欢我，母亲也更疼爱哥哥。哥哥的皮肤天生白皙，他喜欢模仿戏子，最爱男扮女装地演花旦。父亲每每看到我都要教训一番，还一边感叹："你这个不成器的家伙一辈子都不会有出息。"母亲见我这样也要说："你一直这么胡闹下去，将来看你怎么办！"父亲的预言没有错，大家也看到了，我就是一个没有出息的家伙；母亲的担忧也不无道理，没有被抓去坐牢，大概已经算活得不错了。

母亲去世的前两天，我在厨房翻跟头，一不小心撞到灶台上，肋骨疼得厉害。母亲为此大动肝火，说不想再见到我了，无奈之下我暂时搬去了亲戚家。谁知很快，竟传来了母亲病逝的消息。母亲走得很突然，我若知道她病得如此严重，我一定会听话一些的。我满心愧疚地赶回家，哥哥见到我很生气，骂我不孝，说如果不是因为我，母亲不会这么快离开我们。哥哥的责怪我难以承受，一气之下还打了他一耳光，结果是我又被爸爸狠狠地修理了一顿。

母亲就这样走了，扔下我们父子三人过日子。父亲在家什么都不做，却整天说别人没有用，主要是说我。一个人到底怎样算没用，他自己大概也不知道。天下竟有这样莫名其妙的父亲。

哥哥一心要成为实业家，于是每天疯狂地学习英文。他生性狡猾，像女人一样，因此我们互相看不顺眼，几乎每十天就要打上一架。有一次我俩下象棋，他用卑鄙的手段引我上钩，欲置我于死地，见我无路可走了，便开始嘲笑我。我实在气不过，抓起手中的棋子就向他丢了过去，结果砸在了他双眉之间。他发现眉心处破了皮，伤口还在流血，于是马上去找父亲告我的状。这件事情让父亲大为恼火，甚至要与我断绝父子关系。见此情形，我也有些绝望了，心想是没有挽回的余地了。还好女佣阿清为我求了情，她来我们家有十年了，父亲抵不过她哭着替我道歉，总算平息了怒火。尽管如此，我对父亲还是没有丝毫惧怕之意，只是觉得难为了阿清。

据说阿清的出身是非常不错的，可惜明治维新后，家族便开始走向没落，这才出来当帮佣的。说来也奇怪，所有我认识的人当中，只有这位上了年纪的女佣对我比较好。母亲走的时候都不愿意见到我，父亲更是拿我没办法，周围的人也把我当作横行霸道的坏孩子躲得远远的，只有阿清最疼我。别人怎么对我都无所谓，反正我在他们眼中就是一个废物，我也不在乎他们是不是喜欢我，但阿清对我的特别照顾倒让我有些摸不着头脑。她总是趁没有人的时候，在厨房悄悄地对我说："你性格直率，这是品行好的表现。"阿清对我的评价着实令我感到费解，我的确想不通：如果我真的性格好的话，怎么会除了她之外，没有人待见我呢？于是每每听到她这样讲的时候，我都会告诉她："我最不喜欢听这些谄媚的话。"阿清似乎更开心："正因为如此，才说明你品行好。"她似乎觉得这样的鼓励能够改造我，并认为这是一件值得骄傲的事情。但这让我觉得十分别扭。

母亲去世后，阿清比以前还要疼我。那时的我年纪尚幼，却总觉得有些奇怪，我不知道她为什么对我那么好。虽然没有什么不好，但这样的特殊待遇我宁可不要，可这样想的时候我又觉得对不住她。不管怎样，阿清对我一直照顾有加，甚至时常拿出自己的零用钱给我买馅儿饼或煎饼吃。天气冷的夜晚，她还会提前准备好面粉，然后悄悄地给我端来一碗热乎乎的汤面，有时还会给我买砂锅馄饨。除了吃的，她还为我准备鞋子、铅笔、笔记本等各种用得着的东西。

　　还有一次更离谱，在我没有向她开口的前提下，她强硬借了三块钱给我。当时她以为我在为没有零用钱而苦恼，于是主动拿了钱到我的房间。我自然不肯收，但她一直强调不能没有零用钱，非得让我收下。我拗不过她，只能硬着头皮说算是向她借的。后来，我高高兴兴地把那三块钱包好，装在了衣服口袋里。结果上厕所的时候，我没留意，钱袋一下子掉到马桶里。我不知道该怎么办才好，只得将事情原原本本地告诉了阿清，接着，她找来一根竹竿将里面的钱袋捞了出来。隔了一会儿，井边就传来了哗哗的流水声，我出去一看才知道，是阿清挑着竹竿在清洗上面挂着的钱袋。清洗过后，她将里面的钱拿了出来，可惜那些纸钞被水泡过之后，颜色都晕开被染成褐色了，花样也都看不清了。她又找来火盆将钱币烘干，然后放在我面前说："这样就好了！"我凑近闻了一下，说道："还很臭呢。"她只好说："那这样吧，我去给你换一下。"也不知道她去了哪里，回来的时候手上就变成了三块钱的硬币。那三块钱最终是怎么花掉的，我已经记不得了。但我记得当时我说过要还她钱的，却始终没有还。如今，我就是想十倍还给她，也没有机会了。

　　阿清每次送我东西都偷偷摸摸的，不让父亲和哥哥知道。

然而，我最讨厌的就是有什么好事还要背着别人独自享受。我和哥哥虽然合不来，但阿清送我点心和彩色铅笔这些事，我从来不瞒着他。对此，我也曾经问过阿清为什么只对我一个人好，阿清的回答是："你哥哥有你父亲疼着，少不了这些东西。"在阿清看来，父亲就是偏心，所以对我格外好。可她不知道，尽管父亲比较固执，却并不偏心。老太太有这样的偏见也不是不能理解，虽然出身名门，但她并未受过什么正式的教育。

她也是一个偏执的人，从她对我的疼爱程度便可看出。她甚至坚信我将来会有大出息，成为人中龙凤。然而，对于我那读书比较用功的哥哥她却看不上眼，觉得他除了长得白白净净的，其他都没有什么可取之处。面对这样一个固执的老太太，谁都拿她没办法。这分明就是她的偏见：自己喜爱的人，将来一定能够飞黄腾达；自己不喜欢的人，日后只会是一个落魄不堪的下场。原本我对自己也并没有抱什么希望，但总听阿清这样讲，连我自己都觉得将来搞不好真会成为一个了不起的人物，真是可笑。还记得有一次我问阿清："我的前途到底会是怎样的呢？"她一时也答不上来，只说我肯定会有私用的黄包车，会住上气派华丽的大房子。

阿清特别希望我有一栋属于自己的房子，这样她还要和我一起住。她还时不时地央求我，说将来一定要让她住进我家。她总是这么说，好像我已经有了一套自己的房子似的，但我还是会答应她："好啊！"但她的想象力实在是太丰富了，她会很认真地问我是住在町好呢，还是麻布好。她还说庭院里最好有一个秋千，什么西式房的话只有一间就够了，等一系列想象，完全沉浸在了自己的幻想里。那时的我从来没有想过房子的事情，更别说考虑西式或日式的问题了。于是，我很直接地告诉她："我才不稀罕这些呢！"如此一来，她更欣喜，夸赞道："你不贪心，心地好。"总而言之，不管我说什么，她都觉得好。

母亲刚刚离开的五六年里，我在家里的生活几乎没有太大的变化。父亲还是经常骂我，我还是会时不时地跟哥哥打一架，而在这之后阿清照例都会拿些糖果来安慰我。面对这些我早就习以为常了，也从没有奢求过什么，因为我觉得其他的孩子应该也都是这样过来的。只不过，阿清看到我的时候总要感慨一番："你这孩子真是可怜啊，实在是不幸啊！"渐渐地，我也开始觉得自己可怜了。其实，除了父亲常常不给我零用钱这一点，我也没吃过什么苦，但就这一点也足够让我头疼的了。

母亲死后的第六个年头，正值春节期间，父亲患上了脑中风也去世了。那一年的四月，我在一所私立学校读完了中学。六月份的时候，哥哥也在就读的商业学校毕业了。初入社会的他，在九州的一个什么分公司谋得了一个职位，因此，他本人也要搬到那边去住了，而我还要继续留在东京完成学业。哥哥提出要卖掉房产，他打算把这边的一切都处理妥当之后再去上班。对此，我没有任何意见，我本来也不想接受他的照顾。就算他有这个心，也经不起我们时常打架，他早晚会厌倦的。而且，一旦接受了他的照顾，我在他的屋檐下就不得不低头了。当时我已经想开了，最不济我还可以给人家送送牛奶，照样能养活自己。

哥哥找来专门收旧货的商人，将祖辈传下来的那些破烂东西全部低价处理了。老宅子经人介绍转手给了一位财主，卖了不少钱，数目究竟是多少，我也不清楚。在此之前的一个月，我已经住到了神田的小川町，在没有确定自己的去向之前，我都要暂住在那里。老宅子卖给别人后，最难过的人是阿清，毕竟她在这里住了十多年。但到底不是自己的房子，她舍不得也没有办法，只是时常跟我嘀咕："如果你的年龄再大一点儿就好了，准可以把这家业继承下来。"这不过是她的妇人之见，以为年龄大了就可以取哥哥而代之继承家业。若真像她说的那般，又何须等到年长，随时都可以继承了。

我和哥哥是分家了，但安顿阿清的问题比较难办。哥哥是肯定不会带阿清去九州的。当然，阿清也绝不愿意跟哥哥走。而我，当时还住在一个只有四个半铺席的便宜公寓里，房东要是让我搬的话，我就得随时滚蛋，根本没有商量的余地。我只能问阿清自己是否有更好的打算："你有没有想过到别的地方去帮工？"阿清回答说："你还没有成家立业，在你有自己的房子之前我也没有地方可以去，只能先去投靠我的外甥。"

阿清的外甥在法院工作，是一名书记官，日子过得还可以，以前有好几次都想把阿清接到他家里去。可是阿清觉得："虽然是做女佣，但还是生活在待了十多年的地方自在。"眼下没有办法了，她才想到去那儿的，给自家的外甥帮忙，总比到陌生人家去干活要好，自己人多少还能关照些。不过，她还是不停地叮嘱我，要早点儿成家，说是等我有了自己的房子后，便搬回来伺候我。这样看来，她对自己的外甥还不如我这个外人亲。

　　哥哥在临走前的两天给了我六百元钱，说随便我怎么用，可以当成做生意的本钱，要是我想继续读书的话，这笔钱就当是学费。至于以后嘛，他自然是不会再管我。哥哥能做到这样已经算是仁至义尽了。就算他没有给我这笔钱也没什么，我一样能够活下去。不过，他这异乎寻常的慷慨作风倒是蛮合我意的，我也痛快地收下了钱，并道了谢。除此之外，他又额外拿出了五十元，让我转交给阿清，我自然要替她收下。两天后，我们在新桥火车站告别，从此便再也没见过。

　　我躺在床上，翻来覆去地想这六百元钱究竟该怎么花。如果做生意的话，这区区六百元够干吗用，根本做不了什么像样的买卖，还不够麻烦的。就算能做，我这横冲直撞的性子早晚也是要吃亏的，以后也没法挺直腰杆跟人家说自己是受过高等教育的。所以，我还是觉得继续念书比较好，何况这点儿钱用来经商根本就不够！我把这笔钱平均分成三份，如果每年只用两百元的话，那也够我上三年学了。这三年我要是努力一些的话，大概也能学到不少东西！于是，我又开始琢磨，究竟该去读哪所学校。说起来，我对每一门学科都不太感兴趣，尤其讨厌语言文学。所谓的新体诗，二十行里面我是一行都不通。反正，对于那些不感兴趣的东西，我看都懒得看一眼。忽然有一天，我经过一个物理学校，看到他们正在招生，心想这大概就是缘分，想都没想要了份简章就报了名，当场就办理了入学手续。不得不说，这又是生性鲁莽的我做出的一个错误决定。

三年来，我付出的努力也不比别人少，无奈天资太差，成绩排名总是很靠后，每次都要在最后几名找我的名字。说来也奇怪，我这样的成绩在学校混了三年，居然也能够毕业，仔细想来自己都觉得可笑。然而，我也没有什么好抱怨的，反正顺顺利利地毕业了。

八天过去后，校长突然找我，我还以为有什么紧要的事，马上跑去了他的办公室。校长告诉我，四国那里有一所中学在招聘数学老师，每个月四十元，问我想不想去。话说读书的这三年，我从来没有想过要当一名老师或者要到乡下去。然而除此之外，我也没有其他的任何打算，便一口应了下来。而这便是我生性鲁莽的又一例证。

既然我已经应承下来了，自然就会去。三年来，我始终窝在这四个半铺席的房间里，没有人再骂我，我也没再跟别人打过架。如此想来，这段时光可谓是我人生当中最安逸平静的日子，可惜马上就要离开这里了。其实从小到大，我就离开过东京一次，还是上一年级时跟班上的同学远足去镰仓。这次我要去的地方可不会像镰仓离得那么近了，而是一个很远的地方。我在地图上找了一下，发现是一个靠海的地方，也就针尖儿那么大，想来也不是什么好地方。我不知道那是怎样的一座城镇，又或者住着什么样的人。不过，这些都无所谓，去了就知道了，只是多少会有些不安。

老宅子卖掉以后，我还经常去阿清的外甥家探望。她外甥相当不错。每次我去的时候，只要赶上他在家，他都会很热情地招待我。当着我的面，阿清总要跟她的外甥夸赞我一番，甚至打包票说我将来毕业后能够在町那里买一座大宅子，而且很有可能会在政府机构工作。每次听她这样吹嘘，我都觉得特别不好意思，尴尬得要死。我遭遇这样的窘境可不是一次两次了，她甚至还说过我小时候尿床的事。面对阿清这样絮絮叨叨的夸赞，不知她的外甥会有怎样的想法。阿清是旧时代封建传统的女人，在她的思想里，我们之间是主仆关系，她把我当成她的主子，便觉得我也是她外甥的主子。她的外甥还真是不走运呢。

在准备离开的三天前，我又去看了阿清。她感冒生病了，正躺在一间朝北的三铺席的房间里休息。她看到我，一下子坐了起来，张口便问："哥儿，你什么时候才能成家买房子啊？"

在她眼里，我就是一个一毕业就能挣大钱的了不起的人物。她现在还叫我"哥儿"，也真是够荒谬的。我只能实话告诉她："我现在没有房子，而且马上还要到一个很远的乡下去。"听到这样的结果，她顿时就泄了气，一个劲儿地抓弄自己花白的鬓发。我不忍心看她这副可怜样，便安慰道："我很快就会回来的，最多到明年夏天。"尽管这样，她的脸色还是很差。我又问她："你喜欢什么土特产吗？我可以给你带回来。"她说："我想吃越后产的麦芽糖，用竹叶包的那种。"什么越后产的麦芽糖，还是用竹叶包的，我听都没听过，这地理方向也不对啊。于是我告诉她："我要去的地方是乡下，不一定有这种竹叶包的糖。"她又问我："你要去哪里？"我说："西边。""那么是在箱根的那一侧还是这一侧？"她又追问道。我拿她没办法了。

离开的那天早晨，她还过来帮我打点行装。来的路上，她在路过的杂货店里买了牙膏、牙刷、毛巾等，全部塞进了我的帆布包。我不想要，但她才不理会呢，非要给我带上。我们俩一同坐黄包车来到了火车站。我上了火车后，她还在月台上紧紧地盯着我瞧，小声地对我说："我们以后怕是再也见不到了，你自己要多保重啊。"她的眼中全是泪，我也差点儿哭了出来。

火车终于开了，我心想她也该走了，就伸出脑袋看了一眼，结果发现她还站在那里，只是她的身影越来越小。

第二章

　　随着汽笛被拉响，轮船渐渐地向口岸靠拢了过去。船锚下定后，许多小船从岸边划了过来。船夫们浑身上下都只裹了一块红色的兜裆布，一看便知这是一个蛮荒之地。但是这么热的天气，他们确实穿不了太多的衣服。这里太阳很大，阳光洒在水面上，一眼望去都是白光，人的眼睛若一直盯着水面，不出片刻眼睛就花了。我向工作人员询问后，知道这儿就是我的目的地了。我下船一看，这里跟大森渔村没有什么区别。他们太过分了，怎么能把我发配到这样一个地方呢？然而，即便我心里再难过也没用，只能先这样了。我率先跳到了下面的小船上，之后与另外五六名乘客和四个超大的箱子，一同被那些穿着红色兜裆布的船夫送到了岸边。

　　小船靠岸后，我第一个跳了上去，看到岸上站着一个脸上还挂着鼻涕的小孩儿，便问他学校的地址，谁知那孩子竟然不知道。我心想这乡下孩子就是傻，在这么个芝麻大的地方都不知道学校的所在，真是让人难以理解。

　　这时，一个身着和服、看起来有些奇怪的男子走了过来，让我跟着他走。我被他带到一家旅馆门前，看到牌子上写着"港室"二字。店里面有一些看起来就不招人待见的女服务员。她们见到我，便齐刷刷地喊"请进"。我不太想进去，于是，站在门口又向她们打听了一下中学的位置。当我得知要到达我所就职的学校还需要坐两里的火车时，我更没有心情走进去了。我果断地从带我来的那位男子手中拿回自己的两个皮箱，急匆匆地走了。我至今还记得离开时，她们看我的那种诧异的表情。

　　我从旅馆离开，就直接去了火车站，买票上车一刻也没有耽误，只是坐定后才发现这火车慢得很，而且就像火柴盒一样。不但如此，从发车开始不过五分钟，这火车就停了。我开始还纳闷儿呢，心想这车票怎么这么便宜，才三分钱，只是没料到路程竟然这么近。我雇了一辆车，但赶到学校的时候已经到放学时间了。我打听一番，方知值班老师不在，说是有事出去了。我内心止不住地感叹：值班老师的工作真是够轻松的！我本想先去拜访一下校长的，但因旅途实在劳顿，就改变了想法。我只得再找来一辆车，让车夫找一家旅馆将我送过去。车夫十分热情，将我带到了一家名叫"山城屋"的旅馆。这家旅馆理所当然地让我想到了勘太郎，因为他家的当铺与这家店同名，如此倒让我有点儿小小的沮丧。

他们把我安置在一个小黑屋里面，就在二楼的楼梯下。房间太热，我有些受不住，便要求他们给我换间房，然而得到的回答竟是"客满了"。然后，他们扔下我的两只皮箱，转身就离开了。

既然如此，我只能勉为其难地住下了。过了一会儿，他们安排我洗了澡，我用最快的速度洗了个澡，然后就出来了。在回房间的路上，我发现有许多闲置的空房间，而且一看就知道比我的房间凉快。很显然，他们骗了我。到吃饭时间，一位女服务员端着晚餐走了进来。房间里面热得让人难受，但不得不承认这里的伙食还不错，至少比我之前吃的那些好多了。给我送餐的女服务员一边招待我吃饭，一边跟我聊天。她问我是从什么地方来的，我告诉她东京。她继续问："东京那里很好吧？"我非常不客气地说："当然啦。"

我吃完饭后，女服务员撤掉餐具，然后回到了厨房。厨房倒是很热闹，总有清脆的笑声传来。我无事可做，便回到床上准备睡觉。可是，我躺了半天也没有办法入睡，屋子里太热，外面又太吵，比我以前住的环境乱多了。好不容易睡着了，我又梦到了阿清。她在吃麦芽糖，连外面包的竹叶都要吃下去。我劝她不要吃，告诉她竹叶是有毒的。阿清一边说竹叶是最好的药，一边往嘴里送，她狼吞虎咽的样子让我看得傻眼了。最后，我是笑醒的。服务员进来打开窗户，我看着外面，又是晴朗的一天。

我以前听别人说过，住旅馆要给小费，否则将遭到服务人员的冷遇。看来事实确实如此，否则我现在不会住在这间小暗房里。我一手提着帆布包一手执着毛丝缎雨伞，样子确实有些寒酸，但没想到还要遭到这些乡下人的鄙视。这样一想，我决定给自己找些脸面，一会儿就给他们一些小费，免得他们狗眼看人低。别看我现在这副模样，身上还是有些钱的，当初一共带了三十元的学费，扣除路上的花销，还剩下十四元。我已经想好了，就算把这些钱全给他们又怎样，反正去学校还有薪水。乡下人都是吝啬鬼，我拿出五元就够他们震惊的！我下定决心便一脸平静地去洗漱了。此时，昨晚的女服务员给我送来早餐，她端着盘子，一边伺候我吃饭，一边面带微笑地看着我。这让我感觉很不舒服，因为她的笑容里面还带着一丝不礼貌。我的脸上难道有游行队伍吗？干吗那样看我。我对自己的脸还是比较自信的，肯定比她好看。

　　我本来想吃完饭给她小费的，看她这样我来气，便直接甩给她五块钱，然后告诉她："给你，一会儿拿去柜台那边吧！"

　　见我如此，服务员诧异地盯着我瞧了一阵。吃完饭，我连鞋子都没擦，就去了学校。

　　因为前一天已经去过一次了，第二天我很快就找到了学校，然后转了两三个路口就到了门口。从校门口到玄关，是一段花岗岩石铺的路，车轮轧在上面的声音特别大，很是让人心烦。沿路我看到了许多学生，他们穿着厚厚的棉布制服，从这个门进入。看到那些发育得比较好的学生，我心里突然有些恐惧，因为接下来我要教的就是这些"大"学生了。

　　我拿着名片走进校长室，校长蓄着小胡子，皮肤比较黑，眼睛却很大，有点儿像狸猫。他一边例行公事地鼓励我努力工作，一边恭恭敬敬地递给我聘书。而这张盖有大印章的聘书，最终在我回到东京的时候，被我搓成团扔到海里去了。

　　校长告诉我过一会儿会为我介绍其他同事，并嘱咐我要给他们一一展示这张聘书。在我看来，这种行为实属多余，非要给他们看的话，还不如直接将这张聘书贴在办公室，挂上三天就可以了。

校长看了一下表，发现距离教师们回到休息室还要等一段时间，因为他们要在第一节课铃响后才回到那里。于是，他利用这段时间先将学校的情况大致地跟我介绍了一下，然后表示以后有机会，我会有更细致的了解。接下来，他又对我弘扬了一下伟大的教育精神，我开始还心不在焉地听着，越听越觉得不对劲儿，突然感觉自己来到了一个非常了不起的地方。

校长跟我讲了好多，然而我发现都是一些我做不到的事情，比如为人师表。这应该是最基础的，但要我这样一个生性鲁莽的人成为学生的表率，实在很艰难。因为除了知识，教师还要以德育人，这样才能被称为一个真正的教育者。仔细想来，得是多么伟大的人才能为了区区四十元的薪水，而不辞辛苦地来到这样一个鸟不拉屎的地方呢？在我看来，天下乌鸦一般黑，生气的时候总要通过吵架或打架的方式来发泄。如果在这种状态下都不能吵架或者走出去散心，那得多憋屈啊！既然这份工作这么难做，当初就应该跟我讲清楚。我一向直来直去，现下却不知如何是好。我感觉自己被骗了，就应该心一横，就此提出辞职，然后打道回府。然而，一想到冲动之下给旅馆的那五元小费，我就犹豫了。我身上只剩九元钱，不能买回东京的票。现在想想真是可惜，早知道这样不给那五元的小费好了。不过，剩下的九元钱也不至于把我逼入绝境，再想想办法，总比违心地接受这份工作要好。于是，我坦白地告诉校长，我达不到他的要求，他应该收回这张聘书。校长瞪着他那双狸猫一样的大眼睛看着我，然后笑着告诉我这只是一种希望，他当然知道我不可能都按要求做到，还让我放宽心。我心想：既然你知道，一开始就不该吓唬我。

正说到这里，下课铃声突然响了，教室那边一片喧闹声传来，教师们此时也应该回休息室了。于是，我跟着校长来到休息室。这是一个宽敞而细长的房间，许多桌子并排摆放在一起，大家正围坐在桌子周围。听到有人进来，大家同时向我们望来。我心里不大乐意：我们又不是展览品，有什么好看的。

尽管不情愿，我还是按照校长先前的嘱咐，给每一个人看了我的那张聘书。大家对我倒是很客气，又是打躬，又是作揖，然后恭敬地接过我手上的聘书，从头到尾仔细地看一遍后，又双手奉还给我，只是每个人都像在演戏一样。到第十五个人了，对方是个体育老师。我一直在重复着相同的动作，心里难免厌烦，已经第十五次了，不过这位体育老师还是第一次，他应该能够体谅我吧。

这些教师当中，有一位大概是教务主任，我不记得他叫什么名字了，只记得他是一位文学学士。既然是文学学士，那么他应该是一位大学毕业的了不起的人物。不过他的声音实在是不怎么样，说起话来像个女人一样。而最让我觉得奇怪的是，这样炎热的天气，他竟然把一件法兰绒衬衫穿在身上，尽管不是特别厚，那也着实够热的啊。或许是因为文学学士身份的原因吧，他才穿得这般正式，只是那通红的颜色真的让我接受不了。后来我才听说，他长年都穿这种颜色的衬衫，真是让人难以理解的怪癖。而后来据他本人讲，他是为了健康和卫生才这样穿的。多么荒谬的理论啊，如果真的管用，为什么不把和服的下身也换成红色的?

这里还有一位英文老师，名叫古贺，他苍白的脸色给我留下了深刻的印象。这种人一般都是骨瘦如柴的，但古贺老师却不是这样的，他的脸甚至还有些水肿。看到他我想起了小学时的一位同班同学，他叫浅井阿民，他父亲的脸色也是如此。因为浅井先生是一个农民，于是我好奇地问阿清，是否所有务农的人都长成这个样子。阿清否定了我的观点，她告诉我，浅井先生是因为长期吃一种长在蔓梢上的南瓜才变成这样的。打那以后，但凡见到一个脸色苍白的人，我都自以为是地将原因归结为那种蔓梢末的南瓜。所以见到这位英文老师时，我断定他也是这个原因导致的。至于所谓的蔓梢，我并不清楚那是什么，尽管我也问过阿清，她只是笑而不答，并没有给我讲出个所以然来。

还有一位叫堀田的老师，他跟我一样是教数学的。他很健硕，还剃了光头，他那张脸摆在你面前就会让你想到叡山恶僧。还记得我把聘书递给他时，他不看也不接，只说："哦，新来的老师啊！没事儿到我家玩嘛！哈！哈！哈！"

他说了什么？哈！哈！哈！真是一个无礼的家伙，谁稀罕去他家玩啊？从此，我给他取了一个外号，叫"豪猪"。

汉语老师看起来很严谨，但还是给人一种装腔作势的感觉，他用十分诚恳的口吻对我说道："昨天刚到吗？很辛苦吧！以后就要专注于教学了，你很棒……"这些话他说得极其自然，看起来就像是一个和蔼可亲的老头。

此外，还有一位美术老师，不知道的还以为他是艺术家。他穿得很轻薄，还有些透，和服外套是皱绢布制的。他一边摇着扇子，一边问我："你老家是哪里的？""东京。""哦，太好了，咱们可以做伴了。看不出来吧，我也是江户人。"他继续道。而我在心里却不禁鄙夷地想：就他这样的还是江户人，我倒宁愿自己不是。

其他人就不一一介绍了，否则还不知道要讲到什么时候。

按规矩跟所有的同僚打过招呼后，校长便告诉我回去休息，从后天开始正式上课，只是上课前还需要与数学主任沟通一下。我还不知道哪一个是数学主任，就开口问了，结果就是那位被我称为"豪猪"的家伙。一想到以后就要在那个讨厌的人手底下做事，我顿时觉得很失望。豪猪对我说："你住哪儿？山城屋吗？稍后我会找你商量的。"说完没等我回答，便拿着粉笔向教室走去了。作为一个主任，他竟然主动提出找我商量，果真没什么见识，不过好在不用我去找他了。

从学校走出来之后，我原本打算回旅馆的，但仔细一想，回到那儿也没什么事情可以做，于是我决定去逛逛街，散散步也好。

不知不觉我已经走到了县政府，出现在我面前的是一幢旧世纪的建筑，此处还能看到军营，只是它没有麻布营房那般气派。这里的街道还很窄，也就是神乐坂的一半，更比不上神乐坂的繁荣景象。怎么说这里也算是二十万的石城堡下的一个市区，但这个地方实在不怎么样。我心里忍不住想，住在这里的人要是敢说自己是城堡下的人，或者摆出一种高傲的姿态，那就太可笑了。

我一边走一边这样想着，直到山城屋出现在我的面前打断了我的思绪。没想到这个地方竟然这么小，我还以为县城很大呢，谁知道一小会儿的工夫我就把这里大部分的地方都逛遍了。我一看也到吃饭时间了，就走了进去。而原本坐在柜台处的老板娘一看到我，便立刻向我走来，然后趴在木质地板上一边向我磕头，一边说："您回来啦！"

我正脱鞋时，服务员又殷勤地跑过来跟我说有空出来的房间了，不由分说地便把我带到了二楼。新住处是一个十五叠榻榻米大的房间，而且正对旅馆门口，里面还有很大的壁龛。不得不说，长这么大我还没住过这么豪华的房间呢，现在要是不住的话，以后也未必有这样的机会了。于是，我没多想，快速地换掉了身上的西装，穿上轻便的和服，然后躺在床上把自己摆成了一个舒服的大字。

用完午饭，我想到了阿清，于是，决定给她写一封信。我这辈子最痛恨的事情就是写信了，因为我识字不多，文笔又不好，好在以前也不用写给谁。但我想到阿清会担心我的安全，于是，我决定为她破一次例，大大方方地给她写了一封信。我在信中说道：

"我已经于昨天安全地到达了这个荒僻的地方，此时，我在一个十五叠榻榻米的大房间里给你写信。今天我给了旅馆五块钱的小费，刚刚老板娘还跪在地板上给我磕头。我昨晚开始的时候睡不着，睡着后便梦到了你，你把麦芽糖连同外面的竹叶囫囵吞了下去。大概明年夏天我就回去了。今天我已经去学校见过校长和同事了，校长长得像一只狸猫，教务主任是一个只喜欢穿红色衣服的变态，英语老师是一个只知道吃南瓜的营养不良的人，数学老师就是一只豪猪，美术老师则像一个小丑一样……今天就先这样吧，以后再跟你说，再见。"

写完这封信，我心情很好，就像刚才一样躺回床上睡觉。这一次睡得很踏实，没有做梦，却突然听到外面有人问："是这间房吗？"听到这句话我就醒了，此刻外面站着的正是豪猪。他刚进到屋子里就对我说："不好意思，刚刚有些怠慢了，接下来你要负责的是……"

我才刚睡醒，他就直奔主题说起工作的事情，实在是让我有些发蒙。他让我负责的工作听起来还算简单，我便都应承了下来。这些事情就是明天开始着手让我做也没有问题。交代好工作上的事情后，他继续道："你不能总住这儿吧？我介绍一间在出租的房子给你怎么样，很不错的，很快就能搬过去。如果换了别人，对方可不会这么好说话，不过我可以跟他们说一说，这样你马上就能够住进去了。依我看，越快越好，你今天去看看，明天就能搬了，后天也不耽误你到学校去上班。"他就这样自说自话地替我决定了。

不过他说得不错，住在这里的确不是长久之计，否则我一个月的薪水都不一定够付房费的。只是可惜了那五块钱的小费，我才刚刚住上好房间就要搬走了。可如果早晚都要搬的话，我若能够早点儿安顿下来，也能安心些，也更方便。既如此，眼下最好的办法就是拜托豪猪了。于是，他带我去看了房子。

房子的位置在郊外丘陵的山腰上，周围的环境比较安静。房东叫银，是一个做古董生意的商人，他的妻子比他大四岁。房东太太上中学的时候，读过一所名叫"WITCH"（女巫）的学校，而她本人看来的确像一个"WITCH"。不过再怎么样，这个"WITCH"也是一个普通人的妻子。因为没有什么问题，所以我想好了第二天就搬过来。

　　事情谈好后，我们两个在通町一起喝了一杯冰水，豪猪请客。我第一次在休息室看到他的时候，只觉得他是一个傲慢无礼的家伙。后来，因为他对我很照顾，我才发现他是一个很好的人，不过他跟我很像，鲁莽又爱发脾气。后来我又听说，他是老师们当中最受学生喜爱的。

第三章

我终于开启了我的教学生涯，教室里的讲台有点儿高，当我踏上它的那一刻起，心里就产生了一丝微妙的变化。我大概怎么也没有想到，自己竟然也有站上讲台当老师的一天。教室里学生不多，他们会很大声音地喊我"老师"，这倒是让我很不习惯。记得以前在物理学校的时候，我每天也这样叫别人，当时并没有什么特别的感觉。可是现在，别人突然叫我老师，感觉就很别扭，这种差别真是太大了。因为他们叫我的时候，我的脚底儿都是痒的。我从来不觉得自己卑微胆小，但现在看来我的胆子还是不够大。否则也不至于别人一叫我"老师"，我就像饿了一样，肚子里面传出像爆竹一样的声音。第一节课我教得有些心不在焉，好在学生们也没问什么特别的问题，所以，就顺利地结束了。

回到教师休息室后，豪猪见到我便问："课堂上怎么样？"我回答说："嗯，很轻松。"听我这样说，豪猪好像也松了一口气。

　　第二节课时间到，我拿好粉笔向教室方向走去，而这种感觉就好像即将奔赴战场。我来到一个新的班级，这班学生明显比上一个班级的学生大一些。而此刻，我这个身材矮小的江户人，即便站在高高的讲台上，也有些撑不起场面。若是平常打架的话，即便站在我面前的对手是一个相扑高手，我也不怵，可眼下我面对的是四十来个大孩子，我实在想象不出该如何凭借一张嘴来镇住他们。但是，无论如何我也不能让这群乡下孩子发现我内心的不安，否则后果不堪设想。于是，我用极其洪亮的嗓音开始了这堂课。讲江户话的时候要把舌头卷起来，讲话的速度也非常快，我就是这样给学生们讲课的。我刚开始讲就感受到了学生们的不适应，然而我却很得意，越讲越轻松。过了一会儿，终于有人按捺不住，坐在第一排中央的同学，大概也是班上最壮的一位学生突然站起来叫我："老师！"我心想该是我表现自己的时候了，但还要佯装平静地问："有什么问题吗？"他回答说："老师，您讲得太快了，我跟不上，您能慢点儿讲吗？"他操着乡下的口音对我提出了要求，可惜一点儿底气也没有。我给他的回应是："你们要是觉得快，我可以讲得慢一些，但我是一个江户人，不会讲你们这儿的方言，所以如果你们听不懂的话，就只能一点点适应了！"

第二节课也很快结束了，比我想象的要顺利一些。

然而，就在我要回到休息室的时候，有个学生拦住了我，说有问题要问我。他问了一道几何题，但我当时没有办法解出来，急得我直冒汗。最后没有办法了，我只能硬着头皮告诉他暂时解不出来，下次我再告诉他答案，然后匆匆地往休息室赶去。那群学生见此便开始嘲笑我，我听到有人在喊："老师竟然有不会的题。"

这群浑蛋太过分了，老师怎么就不能有不会的题？我不会有什么奇怪的？那么难的题我要是能够做出来的话，就不会为了区区四十元的月薪窝在这个鬼地方了。我回到休息室，但心里极其不痛快。豪猪又问我感觉怎么样，我只回答了一个"嗯"字，可惜这个字并不足以表达我此刻郁闷的心情，于是我抱怨道："这些学生真是不懂事。"豪猪听我这样讲，便有些奇怪地看着我。

接下来的几节课，状况都差不多。总的来说，我第一天的教学工作还是比较失败的。我心里琢磨，老师的工作可没有想象的那样轻松，现在课讲完了，但是人还不能走，下午三点之前都不能离开学校。因为，据说下午三点的时候，每个班级都要进行大扫除，学生们打扫完毕后要跟负责自己班的老师报告，老师检查完，再查看一下该班的出勤情况，没有问题后才可以回去。尽管学校付给老师的是月薪，但不是卖给学校了，我不明白明明没有课时为什么还要把老师拴在这里干瞪眼。我看了一下周围的同事，他们似乎对此没有任何怨言，那么，初来乍到的我又怎么好意思说什么呢，所以只能忍下来了。

回家的路上，我跟豪猪提起："不管有课没课，老师都要待到三点多，这不合理啊！"

豪猪大笑着对我表示了赞同，但随即又一脸正色地跟我说："对学校有不满的话也不要随便跟别人讲，想说的话就跟我一人说好了。学校里人多嘴杂。"他这话像是一种忠告，这样讲应该是有原因的，此时我们恰好走到了该分手的十字路口，我也没再继续问。

回到家后，房东走进我的房间，说是要给我泡茶。对于他的客气，我的理解是他要请我喝茶，结果却是他毫不客气地用我屋里的茶叶给自己泡了一杯茶喝。如此看来，我不在的时候，他也可能常常这样给"我"泡茶喝。

他跟我讲自己喜欢画古董，现在也在做这门生意，让我觉得不可思议的是，他还劝我做这一行："你一看便知是一个风雅的人，不知是否有趣来加入这一行？"

我记得两年前，我因为某个人去了一趟帝国饭店，结果被里面的人误认为是修门锁的。还有一次，去镰仓参观大佛，我当时披了一个毛毯，结果车夫把我当成了老板。可以说，我被人误解或误会的情况时有发生，但从来没有人觉得我风雅，其实这一点从我的外表来看显而易见。我从画像上看过，那些所谓的风雅人士，要么头上缠巾，要么手执诗笺。所以，说我风雅的人，八成都是另有居心的！于是我直白地告诉他，我最讨厌做那些游手好闲或者退休闲来无事的人才做的事情。他却笑着对我说："怎么能这样说呢，没有人一开始就愿意做这些，可一旦入了这行，就不是说不做就不做那么简单了。"他一边说着，一边喝着我的茶，只是他喝茶的姿势有些怪异。其实，他之前也有给我倒一杯，但是茶水又浓又苦，我不喜欢喝，喝一杯胃里都不舒服。于是，我让他别再给我这么难喝的茶了，他一边说"好"，一边又给自己添了一杯。我心想，他可能觉得这是别人家的茶，不喝白不喝，所以不停口地猛喝。

聊过之后，房东也离开了，我准备了一下第二天的课程，便上床睡觉了。

自打那天以后，我每天都按规定到学校去上班，下班后，房东也都会按时到我的房间报到，来"给我泡茶"。每天这样周而复始。一周后，我对学校和房东夫妻的情况都已经有了大概的了解。其他老师告诉我，从以往的惯例来看，新来的老师在接到聘书后的一周或一个月的时间内都特别关心自己留给大家的印象。然而，我对此却丝毫没有感觉。如果课堂上发生了什么不开心的事情，即便我当时很尴尬，但用不了半个小时这些事就会被我抛之脑后。我就是这样一个人，从不会因为一件事而烦恼太久。我不在意自己的教学失误会给学生造成怎样的影响，也不关心校长或教务主任是否会因此对我有什么看法。

总而言之，我不是什么胆大包天的人，但也干脆利落。我也看开了，这个学校能待就待，不能待我立马卷铺盖走人，所以我才不怕那只"狸猫"和那个只喜欢穿红衣服的家伙。至于教室里面的那群小鬼，我更是懒得去讨好他们。其实学校里面的事情还好应付，真正让我烦恼的是每天回到家以后。房东来我这儿不仅仅是蹭茶喝，他每次还会带一些奇奇怪怪的东西。我清楚地记得他第一次拿的是画材，一共是十个，非要三块钱卖给我，还一直嚷嚷价格便宜。我当然没买，我又不是在乡间游走的廉价画师。还有一次他拿来了一幅花鸟画，说是出自一位名叫华山的画家的手笔，并自作主张地将它挂到了我的壁龛上，然后问我："你看，挂在这里很好看吧？"我只能随便敷衍一下："有吗？"

接着他又介绍开了，告诉我叫华山的一共有两个人，分别姓什么，而他现在手上拿的是哪一个，如此这般地讲了一通后，最后直接问我："你觉得这幅画怎么样？你喜欢的话，我给你算便宜些，十五块钱怎么样？"

我告诉他我没有钱，他还是硬要塞给我，说钱不着急。我见怎样都推脱不掉，只得坦诚地告诉他，就算有钱我也不会买一幅画。

本以为这样就能够把他打发掉，谁知他去而复返，又拿来一个大砚台，足有屋脊的装饰瓦那样大，嘴里不断地念叨着："这可是端溪产的。"他这个样子让我觉得十分好笑，便问他端溪产的是什么意思。大概是见我来了兴趣，他便开始口若悬河地跟我解释为什么端溪的砚台好，然后又为我做了详细地说明："端溪的砚台也有不同，可分为上、中、下三个层次。我们常见的是上层的，而我手中拿的这一块是中层的。

你再瞧瞧这上面的眼，有三个眼的可都是珍品，而且此砚泼墨效果极好，你可以试一试。"说着便将东西推到我的面前。我问价格，他说："此物是从中国带回来的，物主也想尽快脱手，所以可以给你便宜些，只要三十块就够。"

我心想这人真是不灵光，我现在在学校都是勉强坚持，他竟然还想推销古董给我。如此看来，这地方我也实在是不能继续住下去了。

后来，我对学校也渐渐起了厌烦之心。有天晚上，我在大町散步时路过邮局，突然发现这里竟有一家面馆，还标着东京的名号。我特别爱吃面，以前在东京的时候，每次路过面馆闻到里面的香味就挪不动步了，很想进去吃上一碗。自打来了这里，我每日备受数学和古董的摧残，都很少去想我爱吃的面了。如今这面馆就在我面前，怎么能不进去喝一杯呢？只是当我走进去才知道，所谓的东京面馆跟想象中的一点儿都不一样。我觉得你既然贴上"东京"的标签，里面的陈设也该像点儿样才是，我猜这里的老板根本就没去过东京，也或许是因为没钱，店里一片脏乱差的景象，榻榻米都看不出本来的颜色了，上面还黏着各种各样的脏东西，看着就令人作呕，墙也被煤烟熏黑了，加上天花板过于低矮，整个房间看起来十分压抑暗沉！不过，菜单上的"面"字写得很漂亮，那下面的价格也是新填上去的，大概刚接手这旧房子营业的。

我第一眼就看到了写在第一行的"天妇罗面"，于是点了一份。这时我才发现角落里还坐了三个人，不知道在吃什么，但此刻正看着我呢。店里太昏暗了，仔细看了会儿才发现是我们学校的学生。他们纷纷朝我打了招呼，我也向他们回了礼。这家面馆的面还是非常不错的，味道特别好，我一口气吃掉了四碗。

第二天，我如往常一样走进教室，可一进门就看到了黑板上写着"天妇罗面老师"几个大字，同学们一见到我便开始哄堂大笑。对于他们这种无聊的行为我也十分不解，于是问道："吃天妇罗面是一件很好笑的事情吗？"其中一位学生这样说道："不是，但老师很能吃，竟然一下子吃了四碗。"我心想，我吃几碗面跟你们有什么关系，又没花你们的钱？我没有理会他们，快速地讲完课之后就回到休息室去了。

休息了十分钟，我又赶到另一个班去上课，发现这个班的黑板上写着"四碗天妇罗也，不可笑"。我内心的怒火一下子就蹿上来了，上一节课看到这些我就把它当作一个玩笑，但凡事都应该有个度，否则没有人能够接受这样的恶作剧。乡下人果然没有分寸，才会觉得这样开开玩笑没有什么关系。说起来他们也挺可怜的，整天无所事事地生活在这种穷乡僻壤，没见过世面，才会把"天妇罗面"这样一件小事当成日俄战争的新闻一样到处宣扬。这也不能完全怪他们，这些家伙从小生活的环境和接受的教育就是这样的，如此才养成了这样的性格。对于生长在花盆里的枫树，你总不能要求它跟其他的枫树长得一样大。其实对于这件事，我也可以选择一笑置之，但小小年纪就这样恶毒，实在不是一件好事。

我板起脸来，擦掉了黑板上的字，然后严肃地对他们说："你们觉得这样很好玩吗？这不过是一种卑劣的恶作剧！你们知道什么是卑劣吗？"

"自己做出来的事闹出了笑话，并因此恼羞成怒，这就是卑劣。"

一个学生这样理直气壮地回答我。

我觉得十分窝火，远离东京来到这么一个鬼地方不说，还要遭到这群讨厌鬼的侮辱，简直太过分了。但最后我也只得不耐烦地宣布：

"闲话少说，用心上课。"

接下来，在另一个班级的黑板上，我又看到一行字，上面写着"吃了天妇罗还怪别人说闲话"。我当真是拿这帮无理的家伙没办法了，一赌气便直接回了住处，不教他们了。然而，事后听说那群捣蛋鬼还因为不用上课而欢欣鼓舞呢。但在当时，我真心觉得古董要比这群学生好多了。

一觉过后，我也没有那么生气了。第二天我照常上班，学生们也都来了，一切看起来都很正常，好像什么事情都没有发生过，反倒让我觉得有些莫名其妙。一连三天都是如此，直到第四天晚上，我去住田吃了碗汤圆。住田那里有温泉、有城堡，坐火车十分钟就能到，步行才三十分钟的路程，是个集餐厅、温泉、旅馆、公园、剧院于一体的好地方。剧院门口有一家汤圆店，大家都说他们家好吃，于是泡完温泉，我就直奔这家来了。这次没有遇到学生，也没碰到熟人，我就没想过别人会知道。谁知第二天我一走进教室，就看到黑板上赫然地写着几个大字——"汤圆两份七分钱"。没错，我是花了七分钱吃了两份汤圆。这帮家伙真难缠，我笃定下一堂课他们还会耍花样。果然不出我所料，下一节课的黑板上写着"剧院的汤圆真好吃"。他们这种行为真让人无语。

然而，故事还没有结束，汤圆事件刚过去，红毛巾事件又接踵而至。"红毛巾"又是怎么回事呢，且听我细细道来。

搬到这儿以后，我每天都会去住田泡温泉。这个地方虽然跟东京没法比，但温泉的确值得夸赞，加之我住得不远，就趁着每天晚饭前的那段时间去泡个温泉，权当做运动了。而我每次去的时候都会在腰上别一条红色条纹的西式浴巾，然而经过温泉水长时间的浸泡，红色条纹有些褪色，颜色在整条浴巾上都散开了，这样从远处乍看，的确像一条红色浴巾。不管是步行还是坐车，我都会把这条毛巾挂在腰上，同学们看到了，就给我取了个"红毛巾"的绰号。这也是住在小地方的烦恼，任何风吹草动都能传开来。

温泉浴池一共有三层楼，有浴衣出租、搓背等高级服务，总共才要八分钱。此外，女服务员还会用天目茶杯泡的茶来招待客人。我通常都会选择这种高级温泉浴，因此，也有人批评我这种奢侈的行为，他们难以理解一个月收入四十元的人怎么敢天天消费高级温泉浴。不得不说，这群人太爱管闲事。这里的浴池是花岗岩制成的，估摸有十五叠榻榻米那么大，平均下来每天会有十三四个人来泡澡。当然偶尔也有没客人的时候，只是很少会出现这种情况。池水正好到我胸部的位置，这样的深度也蛮适合游泳的。大家都知道游泳是一项很好的运动，于是，我经常趁没人的时候在大浴池里畅所欲游。有一天，我兴高采烈地从三楼往下走，正要看看今天能不能游泳，却在入口处看到了一张警示条——"请勿在池中游泳"，几个大黑字写在上面十分刺眼。平时在池子里游泳的人并不多，我心知这警告就是针对我的。没办法，我只能放弃在池子里游泳的念头了。虽然不游了，但这件事还是传到了学校。我去上课时发现，和过去一样，教室的黑板上写着"请勿在池中游泳"。对此我也觉得万分讶异，难道学校里所有的学生都在跟踪我，心头的郁闷实在难以疏泄。我倒不会因为学生的几句闲言碎语而辞职不干，但一想到待在这个小地方，还要遭到这种待遇，就觉得自己十分窝囊。而且，回到家以后照样还有烦心的事，房东会不停地拿着他所谓的古董来拜访我，让我疲于应付，这种境况简直糟糕透了。

第四章

学校有值班制度，由教职人员轮番值守，但狸猫和红衣变态却是例外。我曾经问过，他们为什么不用尽这种理所应当的义务，后来才知道他们享受的是奏任待遇[1]，真是不公平。难道不是吗？他们薪水拿得多，课上得少，还不用值班，天下竟有这样的事。这种不平等的规矩本来就是他们定的，却要别人老老实实地遵守，哪有这样的道理。对此我不太能接受，但豪猪曾经说过：

"就你一个人在那里抱怨，根本起不了作用。"

可在我看来，所谓公理不在于人多或者人少。接着豪猪又跟我说了一句英文——"Might is right"，我不懂，于是问他，他告诉我这句话的意思是"强权即公理"。好一个"强权即公理"，但这跟我们轮值有什么关系，狸猫和红衣变态称

[1] 奏任待遇——日本旧制下的官吏，不是"奏任官"，乃是获得与奏任官同样待遇者，而"奏任官"是由日本首相推荐而任命的官吏。

得上强权吗？谁会认同这一点？

　　抱怨归抱怨，轮到我值班我还是得值班。我这人一向认床，若不盖自己的被子，不睡自己的床，我根本就睡不着。正因为如此，我从来都没有在朋友家住过。一个连朋友家都没有住过的人，又怎么能在学校安然度过一夜呢？当然，如果我那四十块钱的工资里面包含了这项工作内容，我也只能照办了。

　　放学后，全校的师生都走光了，就剩下我一个人。学校的值班室就在教学楼后面的宿舍西侧的一个房间。我走进去一看，房间朝西，每天这个时候正是晒得厉害的时候，因此里面给人一种闷热的感觉。乡下这种地方有一个特点，就是入秋了暑气也不散，天气依然很热。我和同学们在一起吃大锅饭，简直太难吃了。于是，我就奇怪了，他们每天吃这些东西，怎么还有力气捣蛋呢？而且吃完晚饭的时候刚刚四点半，真是不得不佩服他们。这个时间，天还没黑呢，当然也不可能有睡意，于是，我又想念我的温泉了。我不知道值班时间是否允许外出，但是让我像一个被关禁闭的士兵一样傻傻地困在这里，我实在难以忍受。

　　此时我灵光一闪，突然想起第一天来学校报到时的场景。

我记得那个时候值夜的人就不在，我还问了工友，他告诉我说值班的人有事出去了。我当时还觉得奇怪呢，怎么可以没人值夜呢，现在轮到我自己了，我倒是能够理解了。我不做多想，告诉工友一声就打算出去了。工友问我去干吗，我并未隐瞒，直接告诉他要去泡温泉浴，然后就离开了。有一点儿很可惜，就是我没能把红色毛巾带出来，这样我就只能将就着用澡堂里面的了。

我在浴池里泡了好一阵子，好不容易等到太阳落山了，接着就搭火车回到了古町。古町到学校四百多米的距离，比较近，于是我决定走回学校。这时，狸猫突然从我的身后走来。我猜测，他大概也是要搭火车去泡温泉。他走得很急，但在与我擦身的瞬间看了看我，于是我主动上前跟他打了声招呼！他问我：

"今天晚上不是你值班吗？"

什么今天晚上是不是我值班，明明两个小时之前他还对我讲：

"今天是你第一次值夜班，辛苦了。"

我记得他还向我表示感谢呢。哼！是不是这些当领导的都喜欢这么拐弯抹角地说话啊？他这种口气让我感觉很不舒服，便生气地回道：

"没错，今晚是我值班。我正要回去，今晚会留在学校过夜的。"

说完我转身就走了。结果，没一会儿的工夫，我又在竖町的十字路口巧遇了豪猪。我在内心忍不住感叹，这地方真是小啊，随便出来转转都能遇到熟人。豪猪问了我同样的问题：

"喂，今天不是你值夜班吗？"

"嗯，是的。"

"你值夜班怎么能随便跑出来呢？"

"怎么不行啊，不出来走一走才奇怪呢。"

我瞪着眼睛，理直气壮地向他说了这番话。

"你这么散漫可不行，若是被校长或教务主任逮到，你就麻烦了。"

此时，豪猪竟一反常态地提醒我。

"我刚刚就遇见校长了，他还安慰我来着，说现在天气热，值夜班很辛苦，可以出来走一走。"

我说完这话也觉得心虚，便急匆匆地赶回学校去了。

天很快就黑了，我觉得无聊便把工友叫到值班室来聊天。

最后都没什么可聊的了，我想睡觉，但丝毫没有困意。我还是换了睡衣准备上床，卷起蚊帐，掀开床上的红毛毯，然后使出最大的力道一屁股倒在床上。我从小就有这个习惯，睡觉一定是先让屁股着床，然后再仰躺下去。原来在小川町住的时候，住在楼下的法律学校的学生就受不了我这样，也曾经向我抱怨过，说我这是坏习惯。学法律的人真是不好惹，他们不会来找你打架，但他们有一条三寸不烂之舌啊，再小的事情都能说成天一样大。不过，我也不是好欺负的主。我明确地告诉他，如果睡觉时出现了噪声，不能怪我的屁股，只能怪这栋宿舍隔音太差，如果还有什么要说的，就找房东去理论吧。还好这值班室不在二楼，我躺下时有再大的动静也没关系。如果不是这样用力地躺下的话，我就感觉自己没有睡过觉一样。能这样躺下来让我感觉十分痛快，于是我在床上尽情地伸展着我的双腿，只是怎么突然有种奇怪的感觉呢，好像有什么东西扑在了我的脚上，还毛乎乎的，绝对不是跳蚤。总之我被吓了一跳，赶紧把脚上的毛毯抖了下去，结果发现小腿上有五六只毛乎乎的小东西，大腿上还有两三只，屁股下面有我躺下时被压碎的，另外肚脐上还趴着一只呢。仔细一看越来越多，吓得我立刻将毛毯甩到了身后，只见五六十只蝗虫从棉被里飞了出来。最开始不知道是什么东西的时候只觉得有些害怕，现在看到是蝗虫，我的火气一下子就上来了，区区蝗虫竟然也能吓到我，看我怎么收拾它们。我捡起枕头，直接朝那些蝗虫丢了过去，如此往复了两三次。然而，蝗虫的体积太小了，我再怎样用力也没有杀伤力。于是只得直接坐到棉被上，然后像年终的大扫除一样把草席卷起来使劲拍打。我在棉被上胡乱地拍打着，蝗虫们受到惊吓，一下子飞散开了，加上我用枕头打得有些用力，它们开始到处乱飞，还有好多向我扑了过来，撞在我的肩膀上、脸上，还有鼻孔。我总不能拿枕头打自己的脸，只能上手去抓，然后用力地把它们甩出去。不过它们命大，都被我甩在了蚊帐上，只晃动了几下，一点儿没伤着不说，攀在蚊帐上正好有个着落点，且死不了呢。我就这样被这些蝗虫折腾了半个小时，好在最终都变成了尸体，被我用扫帚清了出去。

这时工友走了进来，问我在弄什么。说起来我就来气："还能有什么，谁这么浑蛋，在我的床上放蝗虫？"

他却跟我说："不知道。"

"你以为说不知道就没事了吗？"我气愤地把扫帚扔在阳

台上。工友见状惶恐地拿走了扫帚。

随即我便叫来三个住校生，结果一起来了六个人，管他几个人呢。我就穿了件睡衣，撸起了袖子，准备跟他们好好算这笔账。

"你们是怎么把蝗虫放我床上的？"

"什么是蝗虫啊？"

位置最靠前的一个学生一脸镇定地回答了我的问题，我心想果然有什么样的校长就有什么样的学生，都喜欢这么拐弯抹角地说话。

"你不知道蝗虫长什么样吗？那我给你抓一只看看。"

这话刚一说出口我就后悔了，我刚刚不该把证据扔掉。于是，我又叫来工友，对他吩咐道：

"去把刚才的那些蝗虫拿过来。"

"那些东西已经被我扔到垃圾桶了，还要捡回来吗？"

"是的，马上给我捡回来。"

于是，工友立刻跑了出去，不一会儿的工夫，他拿着一个纸包走了进来，里面装着十来只蝗虫，递给我说：

"真抱歉，现在天已经黑了，暂时只能找到这些，等明天我一定能多捡些回来。"

这个工友也真够实在的。

我随手抓起蝗虫的一个尸体，放到那位学生面前。

"看，这个就是蝗虫，真想不到你长这么大还没见过蝗虫。"

这时，站在最左边的一个圆脸的家伙插嘴道：

"那应该叫草螟那摩西啊！"

看他的神态语气，分明就是在嘲笑我。

"混账，蝗虫和草螟不是一回事，你竟然跟我说这是那美西？那美西除了田乐以外什么都不吃。"我训斥了他一顿。

"是那摩西，不是那美西，是两种不一样的东西。那摩西！"他竟然继续反驳我。

真是可恶，这家伙现在张嘴就是那摩西。

"蝗虫也好，草螟也好，它们为什么会出现在我的床上？你们什么时候把它们放上去的？"

"没人放啊！"

"没人放？那它们怎么会出现在我的床上？"

"草螟喜欢待在温暖的地方，大概是它们自己钻到被子里的。"

"胡说，蝗虫自己能够钻进来？它们是怎么进来的？你们说说吧，为什么要搞这种恶作剧？"

"真的不是我们干的，让我们说什么？"

这帮家伙真够差劲的，敢做不敢当啊。我没有确凿的证据，他们就死不承认，面对这种厚脸皮我也着实拿他们没辙。我上中学那会儿，也像他们一样淘气，但事情败露之后，我绝对不会像他们这般卑鄙，连站出来承认的勇气都没有。一人做事一人当，做就做了，没做就是没做。因此，尽管我也是一个喜欢搞恶作剧的人，但我同样也要求自己坦坦荡荡的。如果为了逃避惩罚还要说谎的话，我才不会去搞恶作剧。做错了事就应该受到惩罚，也正因为如此，我们才应该痛痛快快地去胡闹。

想捣蛋却不愿接受惩罚，这是一种卑鄙的心理，这种心态到哪儿都不会受欢迎的。我相信当今社会上那些借钱不还的人，大都是这种顽劣的学生毕业离开学校后干出来的事。

真搞不懂这些人在学校都学了什么。说谎，欺骗，背地里搞恶作剧，最后堂而皇之地毕业，这样就算接受教育了吗？他们完全误解了教育的意义。这些不懂事的小孩子，我跟他们真聊不来。连和他们谈话我都觉得恶心，于是我对他们说：

"既然你们不想说，我也不听了。作为一名中学生，连高尚和下流都分不清，真是够可悲的。"

最后说完这句话，我就放这六个人离开了。我的话说得不太漂亮，但人品绝对比他们强。

他们六个人大大方方地从我这儿离开了，真跟没事儿人一样，内心明明很龌龊，表面上却能装得很镇定，这一点我还真不如他们。

经过这番折腾，我再回到床上时发现里面又飞进去了好多蚊子，还在里面嗡嗡地叫个不停。我又不能举着蜡烛一个个地赶它们出去，只好取下挂钩，把蚊帐叠成一个长方形，然后用力地抖，结果没想到蚊帐的吊环用力地弹了回来，狠狠地打在我的手背上，痛死我了。

第三次回到床上时，终于安静下来了，可我却一点儿都不困，毕竟那会儿都已经十点半了。我琢磨了一下，在这里的日子真是很难过。作为一名中学教师，如果他的工作就是要一直和这些调皮捣蛋的学生抗争的话，谁还愿意做这份工作呢？一个超级有耐心的"木头疙瘩"或许可以，可惜我没有这个本事。

这时我忽然想起了阿清，越想越觉得她是一个了不起的角色。她虽然没有一个好的出身，也没有接受过什么教育，而且如今也成了一个老太婆，但她却是一个值得尊敬的人，尤其是她的为人。她以前那么疼我，可我却不懂得珍惜，如今我一个人在外漂泊，才发现这份疼爱的可贵。阿清特别爱吃越后产的竹叶包着的麦芽糖，我愿意特意跑到当地去买给她吃，我觉得对她是值得的。她之前还总夸我淡泊名利、为人正直，其实她比我强了不知多少倍。想到这些，我就更加想念她，特别想见到她。

想到这里，我翻了下身，忽然听到楼上传来的巨响，好似有三四十人在用力地踩着二楼的地板，还有节奏地打着拍子。这感觉就是二楼的地板随时都有可能塌下来。伴随着这些脚步声，还有人在高声呐喊。我被吓到了，心想不会是发生了什么意外吧，于是，赶忙跳起来看一看。呵！原来是这帮学生在报复刚才那件事，现在正大肆喧闹呢。

我忍不住在心底暗骂：

这帮家伙，做错事还有理了，一点儿也不知道反省。至少过了一晚他们应该有些悔过之意，然后第二天来找我道歉，即便不跟我道歉，今天也该安安静静地去睡觉，可他们非但没有，竟然还这么大吵大闹的。学校宿舍难道是用来养猪的吗？他们怎么敢这么无法无天？走着瞧吧！

我一边想，一边快步地奔上二楼，身上就穿了件睡衣。

从一楼上到二楼，刚才震天的响声就消失了，片刻的工夫就安静了，叫喊声和脚步声都停止了，灯也都熄灭了，四下一片黑暗，伸手不见五指。尽管如此，我还是能够感觉出有没有人，我确信在这条长长的走廊里，从东到西，连只老鼠都没有。我发现走廊的尽头闪着微光，是月光透了进来。我想到我小的时候也经常做梦，总是会在梦中惊醒，然后乱七八糟地说一些不着边际的话。因为这事儿，我经常被笑话。在我十六七岁的时候，有一次我梦到自己捡了金刚钻，然后就突然坐了起来，急切地问旁边的哥哥："这钻石怎么样？"这件事被他们笑了整整三天。我心想，搞不好我现在也是在做梦。但是，我刚才明明听到了吵闹声。我正想不通呢，突然又听到走廊尽头有微弱光亮的地方传来了足有三四十人的呐喊声——"一、二、三，哇！"接着又是刚刚那个节奏，敲击着地板。果不其然，这根本就不是梦，而是事实。

"都不许吵了，现在已经是凌晨了。"

我一边大声地呵斥，一边借着走廊尽头透进来的月光朝着黑暗里的那群学生追了过去。不料想刚跑了三四米的距离，我的腿就被一个放在走廊中央的又大又硬的东西给绊倒了，疼得差点儿要了我的命，我整个身子都倾倒前面去了。真是倒霉，我勉强站起来，发现这回跑不动了，只能干着急。因为腿脚不听使唤，我只好用一只脚蹦来蹦去。此时那些呐喊声和脚步声又消失了，周围又恢复了死一般的沉寂。

做人再卑鄙也应该有个底线，但这群蠢猪已经让我忍无可忍了，我发誓必须把这群浑蛋找出来，而且必须道歉。

我本想推开一间寝室的门进去查看一番，可这门怎么也推不开，也不知道是被他们锁上了还是被桌子抵住了门，或是想了其他的办法，总之，怎么用力都白费。我又伸手去开朝北的一间屋子，也没有打开门。我正打算破门而入，揪出这帮家伙时，走廊的东侧又传来同样的声音。这帮家伙分明是串通好的，竟然联合起来戏弄我。我都快被气死了，却也无计可施，我属于典型的有勇无谋，一时根本想不到办法来对付他们。但这事绝不可能就这么算了，不然我的脸往哪儿放啊。

江户人若如此这般窝囊，那真是太丢人了。要是让人知道我在值夜班的时候被一群不懂事的黄毛小子给欺负了，然后还因为逮不到他们而默默地含泪睡觉，我这辈子都甭想抬起头来做人了。

不管怎样我以前还是个旗本[1]，原来是清和源氏，属于多田的满仲名门之后，从身份上来讲就和这帮乡下人不同。目前我只是脑子有些转不过来，一时间不知道该怎么对付他们而已。然而，再差我也不能败给他们，我不过是因为太老实了，才会不知所措。你们说，这世上哪有坏人得逞、好人受气的道理！

我心里实在咽不下这口气，暗暗下定决心：如果今晚收拾不了你们，那就等明天，明天不行我还可以等后天，后天不行我就带上便当继续跟这儿耗着。

我打定主意后，就地盘坐在走廊里，就等天亮。此时我依然能够听到蚊子在我耳边嗡嗡地叫，但却没怎么咬我。这时我才想起刚刚撞到的小腿骨，摸了一下感觉黏黏的，大概是流血了，不过此刻也顾不上它了，要流就流吧，没什么大不了的。

几番折腾下来，我终于觉得累了，最后忍不住打盹儿睡着了。

---

[1] 旗本是江户时代武士的一个阶级，家禄一万石以下、五百石以上，有资格晋见德川幕府将军。

　　后来，我听到有动静立马就醒了，睁开眼睛就看到右边的一个房门半敞着，有两个学生此刻就站在我跟前儿。由于刚刚从睡梦中惊醒，我还不太清醒，但看到有人我心神一振，一下子抓住了其中一位学生的脚，然后用力一拉，结果那位学生因为失去重心，仰倒在了地上。他旁边的那位学生也被眼前的情况弄傻了，我直接扑了过去，压制住对方后在他的肩膀上使劲儿地推了几下，对方也吓到了。紧接着，我把他们押到了房间，这家伙也没有反抗，乖乖地就跟我来了，也不过是个胆小鬼。

　　折腾到这个时间，天都快亮了。

　　我把学生带回值班室质问，真是死猪不怕开水烫，任你怎么打、怎么骂，都问不出个结果。他真跟什么都不知道一样，抵死不承认。过了一会儿，学生们陆陆续续地从二楼聚集到值班室，每个人都睡眼惺忪的样子，眼睛也肿了。真是没用，不过一个晚上没睡就挺不住变成这副模样，一点儿男子汉的气概都没有。我跟他们说：

　　"都去洗把脸，然后再过来理论吧！"

　　说完之后，没有一个人离开，都没去洗脸。

　　在我和五十多位学生争辩一个小时左右后，狸猫也来到了现场。看来是工友悄悄通知他过来的，大概是报告学校这里发生了动乱。哼！真搞不懂这个人，芝麻大的小事也要去劳烦校长，又是一个孬种，如此就不奇怪他为什么会窝在一个中学里当一个区区的工友。

我把大致情况跟校长说了一下，他也听了一些学生为自己狡辩的陈词，然后告诉他们：

"在惩罚你们之前，你们要和平时一样正常上课。都快去洗漱，然后吃早饭，不然时间来不及了。

然后，他就这样放走了这些住校生。我觉得这样的处理太不得当了，换作我的话，一定马上开除他们。这帮学生就是因为之前管教不严才会这般胡闹，连老师都敢欺负。校长这边还假模假式地安慰我说：

"你因为这事儿烦恼，肯定也累了，今天就别去上课了，好好休息一下。"

"没有，我不会为此而烦恼，只要我还活着，即便天天如此也没有关系。我不过一个晚上没睡而已，如果因为这样就不能讲课了，我会把我每月拿的薪水返还给学校。"我如此回答道。

校长沉思了一会儿，然后盯着我的脸说：

"可是，你的脸都肿了，看起来挺严重的。"

这么一说的话，我确实感到自己的脸有些异样的感觉，好像有些沉重，而且整个脸都在发痒，大概是昨晚被蚊子咬的。我一边不停地抓着肿起来的脸，一边对校长说：

"我的脸虽然肿了，但我的嘴巴还能讲话，给学生们上课完全没问题。"

校长见我这样坚持，称赞道：

"精神可嘉。"

我当然听得出来，他哪里是夸我啊，分明是在挖苦我。

第五章

有一天，红衣变态突然问我去不去钓鱼。他说话的时候别提多温柔了，恶心得我起了一身的鸡皮疙瘩，不得不让人怀疑他的性别到底是男是女。男子汉就该有男子汉的气概，何况他还是一个大学毕业生，如此看来，他还不如我这样一个物理学校毕业的呢。一位文学学士竟然是个娘娘腔，真是丢人。我当然不愿意了：

"这个嘛……"

"你以前钓过鱼吗？"没等我说完他又问道。

"长大以后就没钓过了，不过在我还小的时候，我在小梅的钓鱼场钓上来过三条鲫鱼。还有一次，我在神乐坂钓到过一条鲤鱼，用针勾到的，足有八寸长。不过，人总是容易乐极生悲，我当时太兴奋了，一不小心又把那条鱼掉回了水里，现在想想都觉得挺可惜的。"

听我讲完，红衣变态地仰着下巴，呵呵地笑了起来。我心里嘀咕着：干吗笑得这么假？

"只能说你还没有体会到钓鱼的乐趣。你如果喜欢的话，我来教你吧？"他一脸得意地对我说。

我用得着你来教？喜欢钓鱼、打猎的人都是没人性的，如果有的话，他们为什么要把杀生当成一种乐趣呢？鱼也好，鸟也罢，即便是动物，也是生命啊。当然，那些以打鱼狩猎为生的人要另当别论。只是那些生活无忧，却还要以杀生为乐的人，太没人性了。

这只是我个人的想法，我也料定自己争不过眼前这位能言善辩的文学士，所以，最好的办法就是沉默。但是，红衣变态似乎误解了我的意思，以为我这是默许了：

"我现在就教你，今天有时间吧，跟我一起去如何？要不就我和吉川两个人，太没意思了，你也跟我们一块吧。"他不停地劝着我。

吉川是那位像"小丑"一样的美术老师。不知道为什么，这个小丑经常出没在红衣变态家。只要看到红衣变态，必定也能看到他，可谓是如影随形，特别像团伙，有时看起来也像主仆。正因为如此，所以小丑会去钓鱼，我一点儿也不奇怪。但我就不能理解了，明明他们两个人去就够了嘛，干吗非要拉上我，我平日里对他们又不是很友好。我猜测，这位钓鱼爱好者大概是要向我炫耀一下他高超的垂钓技巧。

可惜他再怎样跟我显摆也没用，就算能钓上来两三条鲔鱼又能怎么样。我相信即便是不会钓鱼的人，只要把鱼钩放下，多少都能够钓上来一两条。可是，如果我坚持不去的话，红衣变态一定会以小人之心看我，他会认为我是因为不会钓鱼，然后怕丢人才不去的，他不会相信我是因为不喜欢才不去的。所以想了想，我还是答应了。

从学校出来后，我先回趟家准备了一下，然后去火车站等他们二人，我们会合之后便一起去了海滩。

我们乘坐的是一条又细又长的船，以前在东京都没有见过，上面就一个船夫。我上船后先四处巡视了一下，却发现这上面连一根鱼竿都没有。我问小丑：

"怎么没有鱼竿，这让我们怎么钓鱼啊？"

"在海上钓鱼不用鱼竿，用钓鱼线。"他摸着下巴，像内行一样地解释给我听。

早知道是这样我就不问了，害得我出了个洋相。

我真不敢相信自己看到的，那船夫摇桨明明摇得很慢，但没一会儿的工夫，我们回过头去就只能看到海滩的一点点影子了，船已经开出去很远了。此刻，高柏寺的五重塔耸立在森林当中，从远处看像插着的一根针。再看对岸，只见一座青色的岛屿漂浮在水面之上，一看便知是一个人迹罕至的岛屿，因为只能看到松树和石头。那么这个地方若只有这两种东西的话，又怎么会有人居住呢？红衣变态看到眼前的好景致，不禁赞叹：

"好美的风景啊！"

"的确是风光无限好！"小丑也跟着附和。

我不懂什么"风光无限好"，但这里给人的感觉真的很舒服。在波澜壮阔的大海之上，感受着徐徐海风，一定有益于我的身心健康。不过，此时肚子有些饿了。

"快看那松树，挺直的树干，雨伞一般的松叶，这幅风景多像塔那的画。"

红衣变态在跟小丑讲话，小丑也很赞同地说道：

"的确如此，你看那弯弯曲曲的线条，和塔那的画一样优美。"

我不知道他们说的塔那是什么，也不感兴趣，所以并没有加入他们的话题。

我们刚刚在船上观看的是这座小岛的右侧，等回转过来之后发现另一边丝毫不见起伏的波浪，海面异常平静，平静得让人忘乎所以。托红衣变态的福，能够来到这儿也是一种享受。

我突然很想去岛上看一看，于是问船夫能不能靠岸。红衣变态回答我说：

"靠岸没有问题，但钓鱼不能离岸边太近。"

我没再多说什么。这时，小丑还无聊地提出了一个建议：

"主任，不如我们以后就把这个小岛叫作塔那岛吧，您觉得怎么样？"

红衣变态对此提议很赞成：

"有意思，我们就叫塔那岛吧！"

他竟然用了"我们"，显然是把我也算在内了。可事实上，我并不赞同。对于我来说，它就是青岛。

"若是在那块岩石上放上拉斐尔的玛多娜[1]会怎样？一定是一幅特别漂亮的画。"小丑还在想象。

"我们还是不要谈玛多娜了。哈哈哈……"红衣变态说着就干笑起来。

"不怕，这里又没有别人，有什么关系的。"小丑一边说

[1] 玛多娜，即圣母像。

着，一边把眼光移向了别处，也不知道他是同意红衣变态的话，还是表示一笑置之无所谓。

可我心里不痛快了，又是玛多娜，又是小情人，这些都跟我没有关系，他们爱放画不放画的，但是，他们故意在这里说一些别人听不懂的话，还说什么无所谓，这种人其实最可恶。能够说出这种话的人竟然敢自称是江户人。我心想，他们所说的"玛多娜"八成是红衣变态在哪儿认识的艺妓一类的人！将自己喜爱的艺妓放置在这无人岛的松树之下欣赏一番又如何？就让小丑把这场景画出来，拿到油画展上去展览吧！

我们到了某一个位置的时候，船夫突然开口：

"到这里就可以了。"说完就把锚抛了下去，将船固定住了。

"这儿的海水有多深？"红衣变态问道。

"估计有十米。"

"十米怎么能钓到鱼呢？"

红衣变态一边说着，一边还是将鱼线抛进了海里，看他那样子是要钓鲷鱼啊，胆子可真大！

"主任说得哪里话，就您那技术绝对没有问题，况且现在没有风浪。"

小丑拍完马屁，紧跟着也将钓线投到了海里。钓线的尾巴处吊着一个铅块，但没有浮标。这就跟你想量体温却没有体温计一样，根本不行。我没有任何表示，只是坐在一旁静静地观看他们。红衣变态问我：

"你也一起钓啊，有鱼线吗？"

"鱼线有的是，可是没有浮标。"

"谁说钓鱼非得用浮标了，果真是个门外汉。"

接下来，他又一边示范，一边给我讲解：

"你像我这样，等鱼线彻底沉到海底以后，食指放在船沿这个位置，钩着线，然后就凭感觉了，只要有鱼上钩，你就能感觉到。"

他正说着，突然开始往上拉鱼线，估计是钓到鱼了，可拽出来一看，上面什么都没有，钓饵还被吃掉了。看得出来，这位教务主任也深感痛惜。

"主任如此高超的技术都让它侥幸逃脱了，看来今天得谨慎些，不能大意。不过，没钓上来也比某些人在一旁看热闹好啊，总不能因为没有刹车就不骑自行车吧。"

像小丑这种说话喜欢带刺的人最可恶了，真是欠打。这么一大片海，又不是被主任一个人包下了，我这么个大活人总不至于连条鲤鱼都钓不到吧，要不也太没有公理了。我这么想着，就把带铅块的鱼线抛到了海里，然后随意地摆弄着手指。忽然，线上有了动静，我感觉到它正被一股力量使劲儿地拉扯着。我想应该是条活蹦乱跳的鱼，不然怎么会有这么大的力道，于是我也铆足了劲儿拉鱼线。

"哎哟，看来已经钓到了啊，果真是长江后浪推前浪啊！"

小丑的话似乎有些嘲讽的意味，不过也顾不上了。我还在拉我的鱼线，大概还有五米长的线在水里面，但已经看到是一条类似于金鱼的品种还在水里游动，我最后使劲儿一拉，它终于浮出了水面。别说还真挺有趣的，它不断地挣扎着，身上的海水都溅到了我的脸上。我想把鱼钩拿下来，可弄了半天怎么也拿不下来。鱼身太滑了，我尝试用手去抓，同样抓不到，场面一度陷入慌乱。最后我实在没有办法了，抓起鱼线将线上的鱼狠狠地甩在了甲板上，那条鱼当场就死掉了。

红衣变态和小丑在一旁震惊地看着我。

我用海水洗了下手，可闻起来还有一股腥臭的味道。我发誓，以后不管是什么鱼，我都不会再用手去抓了。当然了，鱼肯定也不愿意让我抓到的。我快速地整理了一下鱼线，把它缠了起来。这时，小丑傲慢地说：

"第一个钓上鱼来确实不错。只可惜钓的是条格鲁机，都不够看的。"小丑傲慢地开口道。

"格鲁机？俄国的文学家有一个叫高尔基，它们听起来好像。"

"没错，是很像俄国文学家的名字。"

原来俄国有个文学家叫高尔基，"原木"还是东京芝区的摄影师呢，同时还是可以长出食物的树，这可是生命的依靠。我被这些"格鲁机""格里机""马路基""那路基"弄晕了。这倒是红衣变态的一个怪癖，没事儿就喜欢把这些外国人名挂在嘴上。每个人擅长的领域不同，我是一个数学教师，哪里知道谁是"格鲁机""下里基"的。话说还是客气一点儿好，若非要讲这些，就应该说《富兰克林自传》或《Pussing to tho Front》等这些我们所熟知的。红衣变态经常带着一本深红色的、叫《帝国文学》的杂志来学校，每次都读得津津有味。问过豪猪我才知道，红衣变态嘴里常念叨的那些人名，都出自那本杂志。所以说，那本《帝国文学》才是罪魁祸首。

接下来，红衣变态和小丑全神贯注地钓鱼，一个钟头之后就钓到了十五六条，不过有趣的是，钓上来的全部都是格鲁机，一条鲷鱼都没见着。红衣变态还对小丑说：

"今天算是俄国文豪大聚会啊！"

"您这个水准的都只钓到了格鲁机，我们当然也只能钓到这种鱼了。"

船夫告诉我们这种鱼多骨和刺，不能食用，只能用来当肥料。

哈！原来他们费了半天的劲儿只钓上来一堆肥料，想想也够可怜的。我才钓了一条就觉得无趣了，因此，一直仰躺在甲板上望天，我觉得这比钓鱼有趣多了。

小丑和红衣变态小声地聊着天，至于在聊什么，我就听不到了，也没有兴趣知道。我看着天空又想起了阿清，如果我有钱的话，我就可以带着阿清在这么漂亮的地方玩一玩，那该有多好。可惜此时跟我在一起的是小丑和红衣变态，连这美好的感觉都被打折了。

虽然阿清已经是一个满脸皱纹的老太婆了，可不管你带她去哪里，都不会像现在这般不舒服。我现在跟小丑这种人待在一起特别不自在，不管是坐马车，还是搭轮船，哪怕是登凌云阁也一样，都比不上和阿清一块出游有乐趣。我相信，如果我和红衣变态的身份互换一下的话，那么，小丑一定会转移拍马屁的对象，然后去挖苦红衣变态。

江户人曾经给人留下的印象是轻浮，现在想来这种观点没错，这种德行的人到了乡下后还以江户人自居，那些没见过世面的乡下人自然认定所有的江户人都是轻浮的。我在思考这些的时候，那二人不知道在聊些什么，谈话间还时不时地传来嗤笑声，以至于彼此的对话都是断断续续的：

"这可不好说……"

"……是啊……大概是由于不知道……真是造孽啊……"

"莫非……"

"蝗虫……果真如此吗？"

其实他们在谈什么，我根本就没在意，但恍惚听到小丑提到"蝗虫"，便一下子引起了我的注意。为何他把"蝗虫"二字咬得特别重，是故意说给我听的吗？可为什么其他的话还要压低声音讲，故意不让我听到？于是我开始留意他们的对话：

"又是那个堀田……"

"或许……"

"天妇罗……哈哈哈！"

"……鼓动……"

"汤圆也……？"

我虽然听不到他们的连续对话，但一些敏感的词汇，比如"蝗虫""天妇罗""汤圆"等，还是被我捕捉到了，不用说，肯定是在议论我。去他妈的，干吗不把话摆到明面上来讲？若是想在背地里议论我，又何必叫我过来，这两个人可真是够奇怪的。蝗虫（Buda）也好，雪踏（Shada）也罢，这件事情校长说他会处理的，我正是看在他的面子上，才暂时没有追究的，但问题不在于我。这个讨厌的小丑没事不去拾掇拾掇他的画材、画笔，反而关心起我的闲事来了。这件事早晚得解决，就不劳他费心了。但是，他还有提到"堀田……鼓动"，这话是从何说起的我就不清楚了。他是想要说因为堀田的掺和事情才搞大了，还是说堀田唆使了这些学生欺负我？关于这一点，我实在是想不通。

太阳眼看就要落山了，这里也开始起风了，云彩就像烟一样萦绕在天空中，空气中似乎也正被一层淡雾笼罩着。

"我们该回去了！"红衣变态说道。

"是时候回去了。您今晚是不是要去见玛多娜？……没关系的，别人听到又能怎样！"

他说完这话便回头看了我一眼，正对上了我瞪得溜圆的眼睛，于是我只能大叫：

"哇！我投降。"

回过神来后我竟然觉得有些头晕，缩了缩脖子，心想这家伙就爱耍小聪明。

我们的船穿过了平静的大海，顺利地回到了岸边。红衣变态问我：

"你不太爱钓鱼吧？"

"是的，我觉得仰躺着看看天空更有趣。"

回答完他的问题，我便将手里一根还未抽完的烟弹到了海里，随后就听到"嗤"的一声，我看着它轻飘飘地浮在水面上随波荡漾。

"自打你来了学校，就很受学生的欢迎，你可要好好干啊！"终于他谈起一个跟钓鱼不相关的话题。

"应该说不太受欢迎吧！"

"不，我不是奉承你，你确实很受学生欢迎。对吧，吉川？"

"岂止是欢迎啊，简直是'欢呼雀跃'啊。"小丑阴阳怪气地附和着，嘴角分明还挂着冷笑。

不知道怎么回事，我一听这个家伙说话就火大。红衣变态接着又说：

"不过，你还是要注意些，否则也会招来麻烦的。"

"有麻烦就有麻烦吧，任凭它来，没什么好担心的。"

其实我已经想好了，这件事无非两个结果，要么是我被辞退，要么是那些住宿生集体向我道歉。

"你要这么想，我也没什么可说的了。但是，作为学校的教务主任，我是为了你好才跟你说这些，你别误解了我的意思才好。"

"主任可是一片好心。我虽然没什么能耐，可作为江户同乡，当然希望你能长久地留在学校，彼此也好有个照应，所以背地里我也会给你提供帮助的。"

小丑倒难得像常人一样说出这样一番话，尽管在我看来都是一些废话。要是让我接受他的帮助，还不如让我去死呢。红衣变态又继续道：

"你要知道，你在学校真的很受学生欢迎。可能学校里的很多内情会让你有所不满或生气，但你一定要认清事态，学会忍耐，我这边是绝对不会对你做出任何不利的决定的。"

"你所说的内情是怎么意思？"

"这个说起来就复杂了，你以后会慢慢了解的。我现在不告诉你，将来有一天你会明白的。"

"没错，"小丑又把他的话重复了一遍，"很复杂，不是一下子能够说得清的，你会一点点了解的。我们不说，你早晚也能知道。"

"既然这么复杂，我不知道也无所谓，是你们提起我才问的。"

"你说得对，话只讲一半好像是不太好。好吧！我就先跟你透露一些。恕我直言啊，你还是个刚毕业的学生，初来乍到没什么经验，其实学校里的内幕多着呢，以至于师生之间的关系都很微妙。"

"怎么个微妙法，那要怎么处理呢？"

"你呀，就是太直率了，所以才说你经验不足呢。"

"我是缺乏经验，我在履历表上也写得清清楚楚的，我今年才二十三岁零四个月。"

"所以才给了别人可乘之机啊。"

"我行得端做得正，才不怕别人乘虚而入。"

"你可以不怕，但防不胜防你总听说过吧，你总要小心些才是。不瞒你说，你之前的那位就是这么吃的亏。"

半天不见小丑回应，我回头一看，人家已经跑到船尾和船夫大谈钓鱼的经验去了。小丑不在旁边搅和，很多话都好说了。我趁机追问道：

"我前面那一位是怎么吃的亏？"

"这种事我可不好指名道姓地说，这不是毁人家名声嘛。再说了，无凭无据我也不能瞎说。总之，你已经成为咱们学校的一员，要是出了什么差池的话，也枉费我们大老远地把你聘请过来。所以，万事当心。"

"你只说让我当心，我都不晓得该如何当心。我又不做什么坏事。"

听我这样讲，红衣变态又笑了。

我没觉得自己讲的有什么可笑的。至少到目前为止，我并不觉得自己的想法有什么不对。说来奇怪，仿佛世界上所有的人都在鼓励他人学坏，好像善良的人就不能在这个社会上立足一样。若有幸发现几个老实人，他们还会被戏称为"哥儿""小伙子"，然后取笑、侮辱他们。长此以往下去，还要老师教中小学生诚实信用的大道理干吗，直接教他们骗术和怀疑论好了，告诉他们如何让别人吃亏，这样岂不是更实用一些。

红衣变态大概是笑我太单纯了！一个单纯的人也会招来别人的鄙视，当今的社会的确够可悲的。如果换作阿清，她一定不会嘲笑我，反而会认真地当一个倾听者。相比之下，阿清的为人要高尚多了。

"不去害人固然是好的，但是只一味地要求自己别干坏事是不够的，你还要清楚别人是否会做出坏事，谁知道哪天不会牵连到你身上。这世上表里不一的人多了去了，有些人表面上殷勤地帮助别人租房子，可不见得背后有什么目的呢，大意不得……现在已经入秋了，天气也转凉了，你看沙滩那边，雾霭蒙蒙，暗褐色的风景多美妙……喂，吉川，你看那边，沙滩此刻的景色怎么样？"

"相当美啊，特别适合写生，可惜现在只能看着。"

港屋的二楼灯火通明，火车的汽笛也被拉响了。我们乘坐的船终于停了下来，船头插进了沙滩里一动不动。老板也走到沙滩上热情地招呼我们：

"怎么回来得这么早啊？"

我"咿呀"一声，兴奋地从船尾上跳了下来。

第六章

　　我真的非常讨厌小丑，他这种人就应该绑一块腌菜用的大石头被扔进海里，如此的话也算是功德一件了。

　　对于红衣变态，我实在受不了他说话的声音，大概也是为了给人留下和蔼可亲的印象，而故意装出来的吧！不管是怎样的用意，这话只要是从他嘴里说出来的，就是让人不舒服。所以，像他这种人可能只有圣母一样的女人才会喜欢。不过，到底是教务主任啊，说出的道理还是比小丑中听。回家时，我仔细琢磨了一下他对我讲的话，好像也不是完全没有道理的。可是他没有明说，我也不敢妄下定论。他似乎在有意提醒我，提防豪猪。可是他为什么不明说呢？这种背地里议论别人的行为，实在是有失风度。豪猪若真如他所讲的那般差劲，直接开除就可以了。想不到以文学士自居的教务主任竟然是这样一个胆小懦弱的人，只敢在别人背后说三道四，还不敢直指姓名。不过以前听人说胆小的人大多都比较亲切，正因为如此，红衣变态才会是这副德行吧。

不过，这毕竟是两码事，我总不能因为不喜欢他的声音就抹杀了他对我的友好，否则我太不地道了。世界就是这么奇妙，对你友好的人你未必喜欢，你觉得和自己投缘的人也不见得就是个好人。这就是所谓的造化弄人啊！或许因为是乡下的缘故，这里发生的好多事情都跟东京不一样，太奇怪了，说不定哪一天火就会变成水，石头就会变成豆腐。再说一说豪猪，他怎么看都不像是一个会煽动学生搞恶作剧的人，更何况他在学生当中的人气是最高的，他根本没必要这样做。他若对我有意见也不用如此大费周章，直接跟我打一架不就完事了，或者直接告诉我："因为……所以……然后请你离开吧。"

这样岂不简单多了，凡事都好商量嘛，若是符合情理，我可以立马走人。此处不留爷，自有留爷处。这么大个世界，哪里容不下我。豪猪也不过是一个微不足道的家伙罢了。

我忽然想起，刚来到这里的时候，他还请我喝了一杯冰水。现在想想，被这样一个两面三刀的人请过客，忽然有一种耻辱感涌上心头。我虽然只喝了一杯，但却欠下了他一分五厘的人情，现在又掺杂欺骗在里面，我一辈子都会觉得不舒服。于是我决定，明天一到学校，我就要把这一分五厘钱还给他。

以前我跟阿清那儿借过三块钱，至今都没还她。五年的时间过去了，不是没钱还，而是从来没想过将来有一天要还她。我相信，她也从没想过要我还这笔钱。我更不可能像跟外人一样跟她说："等我有钱了，我一定会还给你。"如果我时时刻刻想着这三块钱的话，也是对阿清的一种伤害。因为不还钱不是不拿她当回事，而是把阿清当成了我最亲密的人，豪猪当然不能比了。通常情况下，我们受了别人的恩惠，无论是一杯水还是一杯茶，之所以没有及时回报，是因为把对方当成了知己，不然的话各付各的就可以了，谁也不欠谁的人情。正因为珍惜这份情谊，我才愿意接受，这不是通过金钱来衡量的。虽然不是什么大人物，但我也是一个拥有独立人格的人，能够低下头来欠别人人情才真正难能可贵呢！

豪猪慷慨解囊花了一分五厘请客，日后自然有比金钱更重的方式回报他。豪猪也该珍惜这种情谊的，可惜他却卑鄙地在暗地里算计我。我决定了，明天一到学校就把一分五厘还给他，这样谁也不欠谁了，我再找他理论。想着想着困意就上来了，我很快便睡着了。

第二天，我特意提早赶到学校，却没有见到豪猪。我眼睁睁地看着南瓜和汉文老师都陆陆续续地来到了办公室，最后教务主任也到了，却还是没有见他。我盯着他的办公桌瞧了一会儿，只有一根粉笔立在上面，一切看上去都那么平静。我原本的打算是一进休息室把钱还给他之后就立马离开，手上的一分五厘钱从家里到学校一直被我攥在手心里，跟我平时去澡堂一样。因为我的手特别爱出汗，这会儿钱在手里面都被浸湿了。这样子还给他总归不好，于是我把它摊在桌子上晾了晾，然后才又拿在手里。这时，红衣变态走过来跟我说话：

"昨天是我唐突了，没有给你造成困扰吧？"

"没什么，只是后来觉得肚子饿而已。"

然后红衣变态把手撑在豪猪的桌上，还把他那张秤盘一样的大脸凑了过来，马上就要贴到我的鼻尖上了，只听他压低声音对我说：

"昨天咱们在船上的谈话可是个秘密，你没跟别人说吧？"

他如此多心，也难怪他像女人一样。我的确还没有说，但也打算说了，这不手上正攥着跟人家算账的资本嘛。可现在红衣变态却不让我说，这可难办了。这个教务主任也真是的，他跟我讲的时候虽然没有指名道姓，却也给了我充分的暗示，而且现在还要求我别把这件事说出来，因为说出来会招来麻烦，他这种行为简直太不负责了，哪里有教务主任的样子。作为学校的教务主任，他应该等我们两个人打起来以后，堂堂正正地跟我站在一条线上，如此也算对得起他这身红衣服啊。于是，我跟他说：

"虽然我还没有说出去，但是我正准备跟他摊牌呢。"

"你怎么能这么冲动呢，千万不要啊！堀田的事，我都还没跟你讲清楚，你就如此莽撞，你这样会连累我的，你总不会是为了给学校添麻烦才来的吧？"

他居然问了我这样一个无礼的问题。我回道：

"当然不是，我拿着学校给的薪水还制造困扰的话，不是给学校找麻烦嘛！"

"你知道就好，我昨天就是给你举个例子，让你做下参考，你可千万不能说出去。"

他都急得冒汗了，又这般求我，我也没办法了：

"好，既然让你这么为难，我答应你不说就是了。"

"真的吗？你保证吗？"红衣变态不放心，又再一次跟我确认。

我真是受够了这家伙娘娘腔的样子。如果文学士都是他这个样子，就太糟糕了。竟然在对我提出了如此不合情理又不符合逻辑的要求后，他还能如此心安理得，并且还来质疑我。我堂堂男子汉大丈夫，自然说话算数。

这时，办公室里的同事都到得差不多了。红衣变态见状也立马回到自己的座位上。他走路的时候也很轻盈，应该是为了避免来回走动时发出声音。大家又不是小偷，正常走路就可以了，干吗这样做作。

上课铃声都响了，豪猪还没有来，我只能先把钱放在桌子上，然后去上课了。

第一节课有些拖堂了，我回到休息室的时候其他人都已经在各自的座位上交谈起来了。豪猪也在，我以为他今天请假不来了呢，没想到是迟到了。他一看见我，就说是因为我的缘故才来晚了，还声称要扣我的钱。我拿起之前准备好的一分五厘递给他：

"这个还你，收下吧，这是之前在通町那次的冰水钱。"

"你说什么呢？"

他开始还在笑，后来看我一脸认真的样子，便叫我不要开这种无聊的玩笑，然后直接将钱扔回到我的桌子上。看来他是要把这个人情做到底了，但我必须跟他讲清楚：

"我没有开玩笑，我是认真的。没道理让你平白无故地请我喝冰水。所以，这个钱你一定要收下。"

"你如果真的介意这件事情，这钱我可以收下。但我想知道，你现在为什么突然要还我？"

"不管什么时候，这钱我早晚都得还，因为我不想欠你人情。"

豪猪冷眼看着我，还"哼"了一声。要不是早上答应红衣变态不把这件事声张出去，我早就跟他把话挑明了。虽然不能说，但我还是很生气，我能感到自己在冒火。他还有理了，竟然跟我耍横。

"这钱我收了，不过，你得搬家了。"

"你只管把这钱收好就行了，搬不搬家那是我的事情。"

"这恐怕你说了也不算，昨天房东已经找到我那儿去了，说想让你搬走。我问了原因，他说的也有些道理。为了确定这个事，我今天一早还特意去了他那里，请他详细地又说了一遍。"

我不大明白豪猪是什么意思，便直接说道：

"我不知道房东跟你说了什么，你要怎么样我也管不着。但什么事都得有个理由，按理来说，你总得先告诉我一声。

总不能听了房东的一面之词，就不分是非地觉得他有理。这样对我来说也太不公平了！"

"好吧！我现在就告诉你。他觉得你太野蛮了，他有些吃不消。他还说，你把他的太太当用人使，竟然让她给你擦脚，简直太无礼了。"

"我几时让房东太太给我擦过脚？"

"有没有擦脚这事我不知道，但他们确实招呼不了你。他们把房子租给你也不过十块、十五块的收入，他们随便卖掉一幅卷轴都能拿到这些钱。"

"他这话说得太好笑了，既然如此，当初为什么还要往外租？"

"至于他当初为什么要往外租我不清楚，只知道他现在不想租给你了，那你就得搬出去！"

"你放心，他现在就是求我留下，我也会搬走的。这地方本来就是你介绍给我的，说起来也有你的责任。"

"是我的错，还是你不老老实实地待在那儿？天知道。"

豪猪跟我一样也是个火爆脾气，我们扯开嗓子大声地吵了起来。其他人不知道发生了什么事，一个个都伸长脖子好奇地看着我们。我又没做错什么，大大方方地从座椅上站了起来，在屋子里环视了一圈，所有人都惊讶地看着我，只有小丑脸上挂着似笑非笑的表情，看到他幸灾乐祸的样子我就气不打一处来，我瞪大了眼睛，凶巴巴地盯着他的脸说：

"怎么样，你要不要也打一架啊？"

他一听马上收起笑容，看起来有些严肃又有点儿害怕的样子。这时，上课的铃声再次响起，我和豪猪的争吵也随之暂停，各自上课去了。

为了讨论关于前天晚上住宿生对我无礼的事件的处理办法，校方决定下午召开会议。这还是我有生以来第一次参加所谓的会议，甚至以前从来都不知道开会是什么。我猜测这样的会议无非就是把学校里的教职员们聚到一起，然后针对某一个主题发表自己的意见，最后由校长做出总结。讨论总结这种方式，针对的应该是那些难以断定是非黑白的事情，而对于本次事件，很明显这就是学生的错，现在因为这种事情开会分明是在浪费时间。他们的任何辩解都不可能被大家接受，对于这种情况，校长直接下达处分就可以了，干吗还要这样大费周折。可见，咱们的校长是一个缺乏果断力的人，"优柔寡断"这个词最适合他。

会议室在一个狭长的房里，旁边是校长办公室。这里平时也用来作为餐厅，里面摆放着一张长桌，在其周边围了二十多把黑色皮椅，乍一看还有点儿神田西餐厅的感觉。校长位于长桌的一端，红衣变态坐在他旁边，其他人都是随便坐的，唯独体育老师低调地坐在最后。我不知道这里面有什么规矩，随意地坐在了博物老师和中文老师中间。豪猪和小丑挨着，恰好坐在我对面。我真是不愿意看小丑那张脸。尽管我跟豪猪有过节，但他那张脸看着都比小丑顺眼，让我想起父亲的葬礼时，我在小日向的养源寺见过的一幅画，他们很像。我还问过那画像是谁，当时一个和尚说是个叫韦驮天的神物。

今天豪猪因为生气，两个眼睛总是不停地打转，时不时地还瞪我一下。他不会是以为这样我就害怕了吧？我才不会认输呢，当然也要回瞪过去。我的眼睛谈不上好看，但却比较大，以前阿清总说我有这样一双大眼睛，适合当演员。

这时，校长开口了：

"都到齐了吧！"

接下来秘书川村开始清点人数，结果还差一个人。当然少人了，那位营养不良的"南瓜"还没到呢！

说不清原因，我其实和这位营养不良的"南瓜"挺投缘的。自打认识他以来，我总是会想起他。平日里在休息室的时候，我不自主地就会关注他，走在路上的时候，脑海里也会出现他的身影。去温泉泡澡的时候，总能看到他那张泡肿了的苍白的脸。我跟他打招呼，他会恭恭敬敬地回礼，倒让我有些不自在。在这个学校里，就没有像他这样老实的人，还总是一副不苟言笑的样子。说实话，我只在书本上看到过"君子"这个词，一直不相信这世上还真有这样的人，直到遇见他，我才知道什么是真正的君子。正因为对他的这种特别的感觉，所以一进这屋子，我就发现他没来。其实，我原本是想挨着他坐的。

"应该快了！"校长一边说着，一边打开身前的紫色包袱，取出一本版印出来的东西读起来。红衣变态拿出绢帕开始擦拭他的琥珀烟管，这是他除了穿红袍的又一癖好。其他人也开始跟身边的人低声聊起来，还有人无聊地用铅笔上的橡皮擦来回地涂写。小丑偶尔跟豪猪交谈两句，豪猪则只是"嗯""啊"地应付，却总是拿眼睛瞪我，我也会毫不示弱地还回去。

没一会儿，营养不良的"南瓜"唯唯诺诺地走进来。他慌忙地向狸猫解释，说是因为有事耽搁了才迟到的。

　　狸猫一边开始会议，一边吩咐秘书川村把印刷好的会议文件分发给大家。文件的第一条就是关于处分的事宜，其次是学生训导事项，此外还有两三项。狸猫像往常一样，一本正经地大谈教育精神。

　　"学校的老师和学生犯了错，都是我教导无方。每次发生什么事情后，我总会先自我检讨，觉得自己辱没了这个职位。这次不幸的事件再次发生了，我个人先在这里向在座的各位检讨。但现在事情已经发生了，不可挽回了，我们只能采取处罚措施。关于事件的整个过程，大家都知道了，我们现在要做的是善后，所以请大家都谈谈自己的看法，踊跃地提出自己的意见以供参考。"

　　听完校长的慷慨陈词，我打心底儿佩服他。他讲话真的很有水准，把责任全部都揽在了自己身上，还说什么怪自己教导无方。若真如他讲的这般，还处罚学生干吗，自己离职得了，又何必这么麻烦地开会。有点儿常识的人都知道，我老老实实地上班，学生们来捣乱，错不在我，也不在于校长，分明是学生的问题。如果这件事的始作俑者是豪猪，那就应该把他和学生一块处罚，干吗非要把别人的过错揽在自己身上。明明没错还口口声声说自己的不是，这种事也只有狸猫才做得出来。他此刻还在为自己发表的这番不合理的言论沾沾自喜，并得意地看了所有人一眼。然而此时并没有人开口说话，博物老师正盯着房梁上的一只乌鸦在看，中文老师在摆弄刚才发的会议材料，豪猪则依然瞪着我。早知道这会开得这么没劲儿，我还不如在家睡午觉呢。我有些急了，正想说道说道这事，只是还没来得及张嘴，就看到红衣变态收起烟斗，手上又换了一条带纹的手帕，我猜大概是从玛多娜那里搞来的，男人一般用的都是那种白麻布的手帕。他一边擦着脸，一边开了口：

"住宿生的恶作剧我听说了，作为教务主任我也有教导不周的责任，都怪我平时没有好好进行德化教育，有推脱不了的责任。但是，这种事也不是第一次发生了，表面上看是学生的错，可仔细想来还是校方的工作做得不到位。所以，我觉得如果单纯地针对这件事情做出处罚，定会在学校产生不良影响。学生们年轻气盛，对善恶还没有形成很好的判断，至少其中有一大部分的学生不是主动加入闹剧的。当然，究竟该如何处置还要由校长来定夺，我只是发表一下个人的看法，无权决定，还希望领导好好斟酌，从轻发落。"

狸猫如此，红衣变态也是如此，两个人口径一致，竟然都认为学生们胡闹是老师的责任。按他们的说法，疯子动手打人，还得怪挨打的人了。真是奇怪的理论。身上要是有使不完的力气，他们怎么不去操场玩相扑，干吗无缘无故地把那些蝗虫弄到我的床上。这么说的话，是不是他们哪天趁我睡觉的时候把我的头砍下来，也可以说是无心的，这事就这么算了？一想到这些，我觉得我还是得说两句。但是又一想，我要么不说，要说就得讲得合情合理，但是，我这人一生气，就说不上来几句了。论人品，狸猫和红衣变态都不如我，但他们贵在会说话。如果我没表达好，被他们捉到什么漏洞就糟糕了，所以我得想清楚，准备好了再说。突然，小丑从座位上站了起来。我还真是没有准备，他一个小丑还要发表意见，真是自不量力。他一开口，必然是拍马屁的强调：

"这次的蝗虫和喧闹事件，让我们这些致力于教学工作的教师替学校的未来感到堪忧。这件事情很奇怪，我们一定要好好反省，端正学校的风气。我很赞同刚刚校长和教务主任所讲的话，我也恳请学校从宽处分。"

小丑说的全是废话，不过是在卖弄自己的文采，我都不知道他在讲什么，只听懂了一句——"我赞同"。

虽然我不大能理解他的意思，但看见他我就来气，于是我草稿还没打完就忍不住站了起来：

"我完全不赞同！"

我只讲了这一句，后面的话还没想到。

"我特别讨厌这种毫无头绪的处理办法……本来就是学生们犯下的错，他们必须道歉。这事一旦养成习惯，他们可能连退学也不当回事了……他们真是太无礼了，觉得新来的老师好欺负吗……"

我刚刚没说两句的时候，他们就全体哄笑了起来，但我还是坚持到讲完，坐下。这时我右边的博物老师也开腔了：

"学生是有错，但处分太过的话，恐怕会引起暴动，所以我也赞成教务主任的说法，从轻发落。"

中文老师的意思也是稳妥处理，历史老师复议教务主任。这帮人真是可恶，都站在红衣变态那边。这样一群人聚在一起，学校早晚被他们毁了。

我做好打算了，要么学生跟我道歉，要么我离职走人。我决定了，如果红衣变态赢了，我立马走人。我清楚地知道我没有本事靠一张嘴说服他们，就算能说服他们，我也不愿意与他们为伍。既然做好了打算，多说无益，只会招来更多的嘲笑，何必呢？索性我就泰然自若地坐在那里不吱声了。

第七章

　　我想了想决定晚上回去就搬走。

　　可当我回去收拾行李的时候，房东太太竟然一直问我哪里住得不舒服了，或者他们哪里照顾的不周到，还望我指出来，他们好加以改正。

　　真是莫名其妙，这世界上怎么这么多搞不清楚状况的家伙呢？他们到底是在赶我还是在留我？我不知道是怎么回事，也不想知道了，再继续争辩下去，有辱我江户人的名声。

　　我叫了一辆人力车，一秒钟都不想在这儿待下去了。然而，我并不知道接下来该到哪里找住处。所以，当车夫问我目的地的时候，我只能告诉他：

　　"先别管！跟着我的指示走就是了，一会儿就知道了。"

　　我想到了山城尾，但仔细一想，即便现在去了早晚也还得搬出来，太折腾了，还不如直接找一个安静一些又适合我住的地方。我心想，此刻如果能看到招租广告就好了，我现在只能听天由命了，能找到哪里就住哪里。不知不觉我们都走到锻冶尾町了，这一带都是武士的宅邸，几乎没什么房子出租。正要掉头回闹市区，我突然想到，营养不良的"南瓜"恰好住在这附近，他是本地人，所以有祖宅留下。我想他大概会知道这附近有合适的出租房。好在我之前和他打过交道，知道他就住在这附近，省得我到处去找了。

"请问有人吗？请问有人吗？"

找到地方后，我冲着里面喊了两嗓子，结果出来了一位老妇人，估计五十岁左右，手上还拿着蜡烛。并不是说我不喜欢年轻漂亮的女人，但我对这些年龄大的女人似乎更愿意亲近一些，我想大概是因为我太想念阿清了！我猜测这位老人家是营养不良的"南瓜"的母亲，头发盘了起来，看起来是个品德不错的女人，南瓜跟他长得很像。她原本要请我上去的，但我只需要跟南瓜见上一面就可以了，于是让她把南瓜请了出来。

我把大致的情况跟他说了一下，然后让他帮我想想有没有合适的地方让我落脚。南瓜绞尽脑汁想了半天，想到了后街的秋野家。那里只住了一对夫妻，曾拜托南瓜帮他们留意合适的人，说是房子空着浪费，不如租给别人。虽然不清楚房子现在还租不租了，但南瓜愿意陪我走一趟，我们就一起过去看了看。结果，我当天晚上就在秋野家住了下来。

后来发生了一件事情让我很是惊讶，就在我搬家的第二天，小丑就堂而皇之地搬进了我之前住的那间房。所有人都是骗子，这样骗来骗去真没劲儿。

如今社会就是这么现实，我也不能幸免，否则就无法在这个社会上立足。没饭吃的时候，我们也不得不去偷盗，要不然该怎么活呢？但是，一个人如果好端端地就去寻死，又怎么对得起列祖列宗呢，传出去也丢人啊。早知道当初去上物理学校是为了学坏的话，我还不如拿着六百元的学费去做牛奶生意。若真是如此，我跟阿清也不会分开，我也不用像现在这样日思夜想。以前我们每天在一块的时候没觉得怎么样，来到这儿以后，我才越发地觉得阿清好。现在全日本也找不出几个有她这种品性的人。记得当初我离开的时候，她得了感冒，也不知道她现在身体怎么样了。我想她之前接到我给她写的信的时候一定很开心，按理说我也早该收到她的回信了。心里挂念着这件事，以至于我三天两头地朝房东太太要我的信，渐渐地在回复没有的时候她都开始同情我了。

这对夫妻跟先前的房东不一样，不愧是出身于武士家族的人，继承了高尚的品德。即便房东每晚都唱一些奇怪的歌曲，但比原来每晚听到"我为你泡茶"好得多。

房东太太有时会来我房间里跟我聊会儿天，有一次她问我怎么不带妻子一块来。我看起来像结过婚的人吗？我告诉她我今年才二十四岁。然后，她开始跟我举各种例子，比如某某才二十岁就娶了老婆，某某二十二岁就生了两个孩子……无奈之下，我只得模仿乡下人的口气跟她说：

"那我也二十几岁娶回来一个吧！还得烦您给我介绍介绍。"

"真的吗？"这位老太太竟然当真了。

"真的！真的！我想娶媳妇儿都想疯了！"

"这也是理所当然的，年轻人嘛……不过，老师你肯定有太太，我都看出来了。"

"喔，什么都瞒不过你，你是怎么看出来的？"

"这个简单，只看你每次等东京来信时那焦急的样子就能看出来。"

"你真厉害。"

"怎么样？被我猜中了吧？"

"是的，或许吧。"

"不过，现在的女孩子跟过去可不一样了，你得小心些，可不能太大意了。"

"你是想说我老婆在东京有情人呗。"

"不是，不是你太太的问题。"

"那就好，那我要小心什么呢？"

"你太太是没问题，——但是——"

"有什么不妥吗？"

"这里的某些老师……远山家的那位小姐，你认识吧？"

"不认识。"

"你难道没听说过这件事？她是可以称得上这一带最漂亮的女孩儿，正因如此，大家都叫她'玛多娜'。你不会连这个都不知道吧？"

"哦！'玛多娜'我知道啊，曾经还一度以为是某个艺妓的名字呢！"

"中国人把玛多娜称为美女。"

"这样啊，还真叫人意外。"

"这外号好像还是那个教美术的老师给她起的。"

"小丑给她起的？"

"不是，就是那个叫吉川的。"

"你的意思是玛多娜不可靠？"

"没错，她是个不贞的玛多娜。"

"不奇怪，从古至今，有绰号的都不是什么好女人。"

"你说得太对了，比如鬼神阿松，比如妲己阿百，哪一个不是恶毒的女人。"

"玛多娜算是这一类的吗？"

"玛多娜原本是和古贺老师订的婚，就是介绍你来那个。"

真是人不可貌相，想不到南瓜还有这样的艳福，还真是不能小瞧他了。老太太继续道：

"可惜去年他父亲去世了。以前他家境富裕，还投资银行股票，一直都很顺利，可自打他父亲去世后，家里就落败了。古贺先生为人忠厚老实，婚礼一拖再拖，其实就是被骗了。就在这个时候，你们学校的教务主任突然插进来一脚，说什么非她不娶。"

"好一个红衣变态，我早看出那家伙不是个一般人，那后来呢？"

"后来他真的上门提亲去了，但远山家已经和古贺订了婚，毁约的话情理上也说不过去。他们一时也无法定夺，只说再商量商量。那位教务主任也比较有办法，打通了各种关系，开始在他们家自由出入，并最终让对方接纳了他。唉！这两个人也真够可以的！大家在背后没少议论这件事，都说远山家的小姐移情别恋，对古贺不公平。"

"确实有失公道，别说天理难容，在道义上怎么都说不通啊！"

"就是啊！后来堀田看不过去了，觉得他们这样对古贺太过分了，还去找教务主任理论去了。但那教务主任竟然不承认，还说如果他们取消了婚约，他可能会追求她。而就目前来讲，他跟远山家只是正常交往，他也没有对不起古贺。他都这么说了，堀田还能怎样，然后就走了。但打那以后，他们两个人的关系也变得恶劣了。"

"这么多事儿，你是怎么知道的？"

"就这么大个地方，谁家发生什么大伙都知道。"

我忽然觉得她知道得太多了也不是好事，恐怕我的天妇罗面和汤圆事件也早在她的掌握之中了吧！唉，地方越小，是非越多。不过，我终于知道"玛多娜"是什么意思了，也了解到豪猪和红衣变态之间的恩怨，这倒是给我提供了一个有用的参考。但是，我仍然不能肯定他们谁是谁非。像我这种思维简单的人，若不让我弄个明白，我就不敢下定论。于是我追问到底：

"红衣变态和豪猪究竟谁是好人？"

"豪猪是谁？"

"就是堀田。"

"堀田看起来更强壮一些，教务主任是个学士，有能力，人又比较随和，但听说堀田老师在学校更受学生们喜爱。"

"好吧！那你觉得谁更好一些呢？"

"就看薪水吧，挣得多的人有优势！"

她没明白我的意思，再追问下去也没用，我也不深究了。

又过了两三天，我刚从学校回来，老太太特别开心地对我说：

"终于让你等到了！慢慢看吧！"

她一边跟我说话，一边塞给我一封信，然后就走开了。我拿起来一看，是阿清给我寄的。我发现信封上面还贴了三张纸条，仔细看了一下才知道，这封信经山城尾、乌贼银转了三次才转寄到秋野家来，其间还在山城尾滞留了七天，看来这封信还在旅馆那里"留宿"了。阿清这封信写得还挺长。

"接到哥儿的来信后，我本想马上就写回信的，可惜我感冒未愈，在床上躺了一个礼拜。所以拖到现在才提笔回信，非常抱歉。此外，我不像那些年轻的小姐们一样擅长书写，不仅写字费劲，写出来的字也特别难看。我只好请别人来誊写一遍，别看誊写只花了两天的时间，但实际上我是用了四天时间才把回信写完的。这封信或许不太好读，但已经尽了我最大的努力，所以，请务必耐心看完。"

信的开头就是上面这些内容，紧跟着有四尺长信纸的内容，的确不大好读，不只是用词的问题，她还在好多地方使用了平假名，所以内容都分不清段落层次了，我还得自己加上标点。我这人是个急性子，若在平时，给我五块钱我都不读。但此时，我拿着阿清的信从头到尾仔细地读了一遍。读是读了，但她写得实在是让人难以理解，于是我又重新读了一遍。这时，天色也暗了下来，我只好走到阳台上坐下来细细阅读。初秋正是风打芭蕉的时节，此时的晚风已经把我手上的信封吹到院子里去了，我手上捏着的四尺长的信纸也被吹得哗哗作响。我相信只要我一松手，它也会被风带到篱笆那边去。然而，此时我已顾不上那些了，只想尽快读完阿清的信：

"哥儿生性鲁莽，脾气又不大好，这是最让我担心的——起外号这种事情是会遭人记恨的，不能随意乱叫。若你已经起了，只在信上跟我说就好了——乡下人心地可不是那么善良的，你要谨慎些，不要在外面惹麻烦。你那儿的天气不比东京，睡觉的时候要注意，千万别着了凉。你上次来信说得太简单了，我也不知道哥儿那边具体是什么情况，所以下次给我写信至少要写满这张纸的一半这么多——给旅馆五块钱的小费倒是没什么，但你的手头也不宽裕吧，会不会有影响？你待在乡下，身旁要多留些钱，所以平时也要省俭一些以备不时之需。——怕你身上的钱不够花，我特意汇了十块钱过去——之前哥儿给了我五十元钱，我都存在邮局了，等将来买房子的时候就能派上用场，抛去这十元里面还有四十元，没问题的。"

果然还是女人的心思细腻。

我在阳台上认真地读着阿清的信，这时老太太端着晚饭推门进来了。

"还没看完啊，这封信写得够长的。"

"这封信对我来说很重要，所以忍着风吹也得看完。"

我笨拙地解释着，然后走到茶几那儿去吃饭。又是地瓜，这家房东比之前投宿的那家要好，人很客气、很亲切，品德又高尚，可就是伙食不怎么样。昨天吃的是地瓜，前天也一样，今天还是地瓜，我承认自己之前说过喜欢吃，但也不能让我一直就吃这个啊，我觉得我的生命受到了威胁。再这样下去，我就没有资格嘲笑南瓜了，因为我自己即将成为长在蔓梢上的"地瓜"。阿清在的话，一定会做我最爱吃的生鲔鱼片和抹了酱油的烤鱼浆条。然而，我现在待在一个贫困的武士家族，估计吝啬也是他们的传统，我也没有别的办法。我想了想还是得跟阿清住一起，即便长期留在学校任职，我也要把阿清接过来。否则，天妇罗面和汤圆都不能吃了，回来只有地瓜，这样勉强地当一个教育工作者有什么意义呢。寺庙里的和尚过得都比我强吧！一盘地瓜被我吃完了，我又从抽屉里拿出两个生鸡蛋，在碗沿上打破之后直接吞了下去。如果没有这两个鸡蛋，我的身体怎么可能支撑一个星期上二十一堂课呢？

今天因为收到阿清的信，而耽误了我泡澡的时间，但我还是决定坐火车赶去，每天都去已经养成习惯了，一天不去就会觉得浑身不舒服。当我照旧别着红毛巾赶到火车站时，上一趟车刚刚开走了两三分钟，所以我还得再等一会儿。我一边抽着敷岛牌香烟，一边坐在椅子上等车，南瓜竟然意外地出现了。自打从老太太那儿听了南瓜的事，我觉得他更可怜了。因为他平时就给人这样一种感觉，看起来与世无争，而且在别人面前姿态又放得很低。除了同情，我现在恨不得让学校多给他发放一倍的薪水，这样他就可以马上娶了远山家的小姐，然后再让他去东京玩一个月。最近我满脑子都是这种念头，现在见到他便热情地一边跟他打招呼，一边给他让座：

"你也去泡温泉吗？过来一起坐啊。"

"不用了，没关系的。"

他似乎有些不好意思，不知道是不是因为客气还是其他，他仍然站在那里。我告诉他火车还要等一会儿才能到，站着等会累的。我很同情他，就是希望他能够坐在我旁边，好在他终于听劝坐了下来。

世界上各种各样的人都有，有像小丑这样傲慢无礼、还去了不该去的地方的人，也有像豪猪那般整天摆着一种"日本不能没有我"或"我不下地狱谁下地狱"的忧国忧民姿态的人，还有像红衣变态那种自以为是个美男子而实际上只是个小商贩的人，更有像狸猫这种披着伟大教育精神外衣实则龌龊至极的人。每个人都很自负，只有南瓜是个例外，有时甚至毫无存在感，别人玩弄了也无所谓，他是我见过的最温顺的人。他的脸虽然有些水肿，但玛多娜选择红衣变态实在是太不理智了，不知道她是怎么想的，竟然放弃南瓜这么好的丈夫。

"你身体是不是不太舒服？你看起来好像很疲倦……"

"不，没什么问题……"

"那就好，人的身体不健康的话就完了。"

"你看起来很好。"

"对啊，别看我瘦，我一般不会生病的，也最怕生病。"

听到我这样讲，他浅笑了一下。

一阵女人的笑声从入口处传来，打断了我们的谈话。我不经意地回头看，发现竟然是一个身材高挑、皮肤白皙、发型时尚的漂亮女子。她身边是一个四十五六岁的夫人，她们一起出现在了售票口。我不擅长夸奖别人，所以一时不知道该用什么词语来表达她的美，只觉得她像一个刚刚被加热过的水晶球，给人一种晶莹温润的感觉。那位夫人没有她那般高，但两个人的脸蛋长得极为相像，一看就是母女。我的目光已经完全被这对母女吸引了，只顾着看她们，都忘记身边的南瓜了。这时，南瓜突然从座位上站起来，然后走到那两位女士身边。我恍然大悟，心想漂亮女子应该就是传说中的玛多娜。他们三个人在售票口聊了起来，因为隔着一些距离，所以听不见他们聊什么。

我看了一下表，下趟车还要等五分钟。我现在巴不得火车能快点儿到，就我一个人在这儿，连个聊天的人都没有，所以觉得无聊了。接下来我看到入口处又有一个人急急忙忙地走进来，定睛一看，竟然是红衣变态。他在单薄的和服上松松垮垮地系了条腰带，腰带上照旧挂着他那条假金链子。他以为没人能看得出来，还到处显摆。他刚一进来就东张西望，应该是在找人，接着朝售票口的方向走了过去，然后殷勤地跟刚刚那两位女士寒暄着。大概是发现了我的存在，他又朝我这边走了过来：

"喔，真巧，你也去泡温泉啊。我刚刚怕赶不上，来得比较匆忙，不曾想到了这里还剩三四分钟呢，那表也不知道准不准。"他开始掏出自己的金表核对时间，说是还差两分钟。然后在我旁边坐下来。我回过头不再看那边的女人，垫着下颚直视前方。站在那边的夫人偶尔会往这边瞄一眼，看看红衣变态，而年轻的女子则一直看着别的地方。她肯定是玛多娜。

不久，火车拉着汽笛驶了进来，人们争先恐后地上了车。红衣变态第一个踏上火车，就算坐头等座也不用这么得意吧。

到住田的上等座是五分钱，下等座是三分钱，两分钱而已，竟然把这个档次给拉开了，真不合理。不过乡下人节省惯了，两分钱也是钱，他们觉得多花也没有必要，还心疼，因此大部分人选择的都是下等座。至于我，本来手里拿的是上等座的票，而看到红衣变态和玛多娜母女走进上等车厢，以及南瓜在下等车厢犹豫了一下才上车之后，我紧跟着南瓜坐进了下等车厢。用上等车票坐下等座肯定没问题。

在温泉澡堂里，我穿着浴衣往下面的澡池走时，又碰上了南瓜。

我这个人在重要场合或紧要关头时，可能不太会说话，但平时思维和口齿还是比较伶俐的。我见南瓜如此可怜，便想和他在这里多聊一会儿，算是一种安慰吧，也算尽了我这个江户人热心的义务。

可南瓜却不怎么配合啊，无论我在这边讲什么，他都只是象征性地回答"是"或"不"，而且似乎连应付都懒得应付。谈话无法进行下去了，我只好结束。

我在这里没有看到红衣变态，这倒是很正常，这里这么多个澡池，即便是一个时间来的也未必能在同一澡池遇到。

洗完澡出来后，我发现室外的月色很美，道路两边种满了柳树，树枝在月光的照射下形成一团团的阴影。我决定在附近转一转，于是朝着郊区的方向向北走了过去，结果发现左侧有个大门，尽头是一个寺庙，左右两旁竟然是妓院。如此奇景我也算是头一次见，本想进去瞧一瞧，但怕被发现了又要被狸猫数落，于是很快打消了这个念头。

第八章

上次的事件之后，我跟豪猪再也没有讲过话。那一分五厘一直摆在他的桌子上，已经落上了灰尘。这笔钱我不会收回，豪猪也不肯收下，就摆在我们面前，成了我们之间一道无法逾越的鸿沟。我想说些什么却说不出口，豪猪固执地不再同我讲话。所以，每每看到这一分五厘钱的时候，我的内心都很痛苦。

我跟豪猪算是绝交了，跟红衣变态之间则还是老样子。在野芹川堤防相遇的第二天，红衣变态一到学校就跑到我身边，跟我聊些有的没的，例如：你现在住那儿不错；改天我们再一起去钓俄国文学啊……我不太高兴，于是对他说：

"光昨天晚上我们就碰到过两回了。"

"对啊，就在火车站！你平时也是那时候去吗？时间是不是有些晚啊？"

"我们在野芹川的堤防上还见过一面呢。"

"不会啊，我洗完温泉就回家了，没去过那里。"

"你别瞒我了，我都看见了。"

想不到他竟敢明目张胆地说谎。这种人都能在学校里当教务主任，我岂不是能当大学的校长了。从此，我再也不相信红衣变态了。跟这种会对我说谎的红衣变态打交道，而与我之前所信任的豪猪断交了，算是我瞎了眼了。

有一天，红衣变态突然邀请我去他家，说是有事情要跟我商量。我要是去的话就不能去温泉浴池了，我仔细衡量了一下，最终还是决定去一趟。大约下午四点钟的时候，我就到他家了。

红衣变态虽然是个单身汉，但好歹也是堂堂的教务主任，租住的不是小房间，而是一个带玄关的、很气派的房子，听他讲房租就要九块五呢。看到那气派的玄关，我就在心里盘算，如果九块五就可以在这个地方租到这么好的房子，那我完全可以把阿清从东京接过来，也好让她高兴一下。

我到了目的地后在门口叫门，出来接我的是他弟弟。在学校里，我教他代数和算数，成绩一点儿都不好。抛开成绩不谈，他总在外面瞎晃荡，比这里其他的学生更坏，或许因为他是外地人的缘故。

见到红衣变态后，我直接问他找我有什么事情。他一边像往常一样用他的琥珀烟斗抽着满是焦油的烟，一边跟我讲：

"你来到学校以后，学生们的成绩有了很大提升。对于这一点，校长很高兴，知道自己用对人了。另外，学校这边也很信任你，同时也希望你清楚这一点，从而更加努力。"

"哦！这样啊，你说更加努力，可我现在已经尽了自己最大的努力！"

"你现在这样就很好了。不过你可千万别忘了我那天跟你讲的事情。"

"你指的是让我小心给我介绍住处的人这件事吗？"

"你别说得这么直白！我相信我想要表达的你都已经清楚了。如果你继续像现在这样努力工作，校方都会看在眼里的。以后有机会的话，或许就在不久的将来，学校在待遇的调整上一定会优先考虑你的。"

"哦，你说的是薪水吗？关于薪水我没有什么意见，当然，能多加一点儿的话也不错。"

"现在正好有一位教师要转到别处去——当然这事还得和校长商量之后再做决定，不过我会跟校长提议并争取，把调离的那个人的薪水补给你。"

"那真是谢谢你了。不过，是谁要调走啊？"

"这事还没公布，不过现在告诉你也无妨，就是古贺。"

"他不是本地人吗？"

"他是本地人没错，但由于他私人的一些原因——反正有一半原因是出于自愿的，他去日向的延冈，你知道那里的薪水会加一级。"

"那么谁来代替他的工作呢？"

"替代他的人选已经差不多定好了，然后下一个人的薪水如何，从而来考虑你的待遇调整。"

"那自然好，不过也不要太勉强，不加也没有关系。"

"这件事我曾经跟校长讨论过，他跟我想的一样。不过，以后可能要辛苦你一些了，现在跟你讲也是让你有个心理准备。"

"是要增加课时吗？"

"不是的，时间可能还要比现在少一些。"

"课时减少，工作量增加，这不是自相矛盾嘛！"

"听起来似乎是这样——我现在也不好妄下断言——不过，我说的辛苦你的意思是学校之后可能会对你委以重任。"

我有些搞不清状况了，就目前来讲委以重任的话，就是数学主任了。可现在的数学主任是豪猪，他又没有要辞职的意思。更何况他在学生当中最受欢迎了，学校更不可能将他免职或者把他调走。红衣变态说话总是这样让人抓不到重点，尽管如此，他表明了找我过来的缘由。后来，他又跟我聊了一些无关紧要的事情，比如该如何为南瓜举办一个欢送晚会，又问我平时喝不喝酒，还说南瓜是个正直可爱的人等。最后没什么可说的了，居然还问我会不会做俳句。越说越离谱，我直接回答说不会，然后赶紧告辞了。俳句本就是芭蕉和理发店的老板一干人等擅长的东西，我一个数学老师怎么会做出那些诸如"牵牛花缠绕住吊水桶"的浪漫诗句呢？

回家的路上，我还在不断地想，世上怎么会有这么多怪人。自己好好的房子不住了，连在自己家乡的学校任职的机会都要放弃，还要跑到外乡去遭罪。如果是电车通达、生活丰富的大都市也行，偏偏还是去更偏僻的日向延冈。就拿我来说吧，来到这里，起码水运交通还算发达，但才一个月的时间我就想回去了。延冈可以说是最偏僻的山区了，听红衣变态说，要先乘船，上岸后还得坐上一整天的马车才能到达宫崎，到了宫崎后，还有一整天的车程才能到达目的地。此外，从那个地名就能够知道，那里定是个闭塞原始的地区。

南瓜就算是个圣人，也不会喜欢跟猴子待在一块吧！南瓜也真是的，怎么就那么想不开呢？

回家后，老太太照例把晚餐送来了。我问她是否又是地瓜，她跟我说今天吃豆腐。其实，都没什么差别！

"老太太，我听说古贺要去日向了。"

"可怜啊！"

"这话怎么讲的，还不是他自己要去的。"

"谁愿意去那个地方啊！"

"就是他啊，不是他本人的意愿吗？"

"当然不是了。"

"如果不是的话，红衣变态不就是大王——说谎大王了。"

"教务主任当然会那么说了，不过古贺也的确不想去。"

"老太太您太逗了。如果他们两个都没错的话，究竟是怎么一回事呢？"

"今天早晨古贺的母亲来了，她跟我说起这事了。"

"她怎么说的？"

"自打他父亲去世后，他们的家境就大不如前了，过得很辛苦，所以他母亲找到了校长，意思是他已经在学校工作四年了，看能不能提高一下待遇。"

"是这样啊。"

"校长答应说好好考虑一下。他母亲以为这事八九不离十了，就盼着他这个月或下个月能接到涨工资的通知。谁承想，有一天校长突然把古贺叫去，抱歉地告诉他，由于经费有限，学校没法给他加薪。但延冈正好有个空缺，去那里的话每个月可以多领五块多的薪水，正好应了他的要求，手续已经给他办妥了，让他直接去。"

"这哪里是商量，分明就是命令嘛。"

"对啊。与其为了加薪而被调到外地，古贺不如留在这儿呢。起码他在这里有房子住，母亲也在这边。他自己当然也希望能留下来，于是又去请求校长。结果，校长说这事已经定下来了，而且替代他的人选都已经找好了，这事不可能再有变动了。"

"简直是欺人太甚。原来古贺不是自愿的。我还奇怪呢，哪有人会为了五块钱跑到那种深山老林里与猴子为伴啊！"

"你说的是你自己吗？"

"都一样。这分明就是红衣变态的诡计，真是太卑鄙了。还说要利用这次机会帮我加薪，怎么能这么做呢？就算给我加了薪水，我也不会领他的情。"

"老师，你要加薪了吗？"

"他是说要帮我加薪，不过现在我想我该拒绝的。无论如何，我不能接受。老太太，红衣变态根本就是个浑蛋，真够卑鄙的！"

"虽说卑鄙，可如果他给你加薪的话，你乖乖接受就是了。年轻人不要太冲动，免得将来老了再后悔，想着当初如果能够稍微忍耐一下就好了。意气用事只会让你吃亏，甚至让你追悔莫及。你就听我老太婆一句劝，他要是给你加薪，你就说声谢谢，然后应承下来。"

"您都这么大岁数了，就不劳您费心了，挣多少钱是我的事。"

老太太没再继续说下去，离开了，房东则依然坚持唱着能乐。这种音乐其实无非就是把人们能听懂的词句配上复杂的旋律，然后变成了人们听不懂的音乐。每晚唱这种音乐时，房东到底是一种怎样的心情呢，我才没有那种闲情雅致呢！红衣变态说要给我调整薪水时，我只以为有多余的经费，不加白不加，所以才同意的。可现在不一样了，他是硬要把强行调走的人的那部分薪水添加到我的待遇上，怎么能做这样的事情呢？当事人不愿意，却硬是把他调到偏僻的延冈，这到底安的什么心啊！太宰权帅也不过被发配到博多附近，河合又五郎好歹也是相良。反正，这样的事情我不能接受，我必须找红衣变态拒绝才是，否则我心里过意不去。

我穿着小仓织的那种厚棉布裙裤直接去了红衣变态家，叫门后前来应门的还是红衣变态的弟弟。他看我的眼神分明是在说"你怎么又来了"。有重要的事情，别说是跑两三趟，多晚我都会来的。他此刻可能以为我是来拍马屁的，而在心底鄙视我，又怎么会想到我是来拒绝加薪才特意跑一趟的。他弟弟说红衣变态恰好在接待客人，我告诉对方只在玄关见他一下就可以，于是他弟弟进去叫人了。我看到脚边有一双木屐，上面是薄薄的席料，前面是往下削的，一看便知是用整块木头刻出来的。此时里面还传来了愉快的交谈声：

"现在万事俱备，一切都 OK 了。"

这讨厌的尖嗓子一听就知道是小丑，还别说，也就只有他才会穿这种艺人穿的木屐。

不一会儿，红衣变态就提着油灯出现在了玄关：

"上来吧！正好吉川也在呢。"

我没应，只告诉他我在这儿说两句就走了。我看他满脸通红的样子，特别像舍太郎，估计是在和小丑喝酒！

"你之前说要给我调整薪水，我想了想还是不要了，特意来跟你说一声。"

红衣变态特意提油灯照了一下我的脸，大概是被我弄得不知道该如何回答了。或许这是他有生以来第一次听到别人拒绝加薪。或者他在奇怪我刚刚明明已经接受了，现在为什么又反悔了。不管怎样，都够他惊讶的。此刻他张着嘴不知道该说什么好了。

"之前我没拒绝是因为你跟我说古贺是自愿的……"

"古贺是自愿的，所以才调职的。"

"他不是，他原本是想留下来的，不加薪也更愿意留在故乡。"

"是他自己这样跟你讲的吗？"

"当然不是。"

"那是谁？"

"是我的房东太太亲耳听古贺的妈妈这样讲的！她刚刚告诉我的。"

"也就是说你是听你的房东太太说的喽。"

"是的。"

"真遗憾，也就是说你宁愿相信房东太太，也不愿意相信我这个教务主任。是这个意思吧？"

　　他这样说，我一时都不知道该怎么回答了。果然是文学学士，一下子就能抓住别人语言上的漏洞，然后不依不饶。以前家父就常常因为我的鲁莽而头疼，现在看来的确是我太冲动了。只听了老太太单方面的说辞，没有找南瓜和他的母亲确认一下，就这样冲动地跑过来确实不合情理。不然的话，我就不会被他这样的反问给难住。

　　虽然没有办法反驳他，但我已经认定是红衣变态的不是了，此刻也只能硬着头皮应对他。

　　"我那个房东太太虽然是个小气的人，但她不会跟我说谎……或许你说的是真的，但是……总之我现在不要加薪就是了。"

　　"你还这样说就奇怪了，你特意跑过来向我陈述拒绝加薪的理由，那么，我刚刚也给出解释了，也就是说你不接受的理由已经不成立了，可你还是要拒绝，我就不明白了。"

　　"你可能没有办法理解，但我还是不能接受。"

　　"既然如此，我也不便勉强。可是，你竟然在两三个小时之内就反悔了，这可是会对你个人的诚信记录造成影响的。"

"那也无所谓。"

"怎么能无所谓呢？人无信则不立，你换个角度想一想，你的房东……"

"是房东太太。"

"一回事，就算她说得是对的，你的薪水又不是从古贺那里扣出来的。他调到延冈后，接替他的人拿的薪水要低一些，现在就是要把少给他的这份钱拿出来给你，你不用觉得不安。古贺调到延冈是升职，而新到任的人本来就是用较低的薪水聘用的。那么，在这样的情况下，你又能加薪，何乐而不为呢？当然，你实在不能接受也没有关系，你回去之后再好好想想吧。"

我这个人头脑不太灵活，如果是以前的话，别人说两句好话我可能就听信了——"哦？原来是这样，是我理解错了。"然后，我会很抱歉地告退。但是，现在的我不会了。刚来的时候，我就不喜欢红衣变态。尽管后来我觉得他像女人一样给人一种亲切的感觉，但现在只有反感了，我越来越讨厌他了。所以，不管他如何巧言善变，哪怕是以教务主任的身份命令我，我也不管他了。判别一个人的好与坏，不在于他是否会说。乍一听，红衣变态所讲的话似乎有些道理，但即便他把话说得再漂亮，我也无法相信他了。如果只靠金钱、权势和理论就能够收买人心的话，那么我们都去放高利贷、当警察和教授好了。一个教务主任凭他自己的说辞就想动摇我，真是可笑，人是要按照道德和法律的标准行事的。

"你说得很对，但我现在就是不想加薪了，所以正式地跟你说一下，再怎么考虑结果也是一样的，再见！"

在为南瓜饯行的那个早上，我刚到校，豪猪就告诉我一件事：

"前些天，你之前的房东找到我，说你行为粗鲁，很是让他头疼，所以希望我把你请走。我当时信以为真，所以让你搬走了。可我没想到这个家伙竟然骗我。我后来才知道他经常弄些假画，在上面盖个印章就当作真画卖出去。他能做出这种事，你的事想必也是他胡编乱造的。他原是想卖给你一些卷轴、古董之类的，赚你的钱，结果你不搭理他，他就编个谎话来骗我。我真不知道他是这种人，所以对于之前的事我很抱歉，希望你能够原谅我。"

他跟我说了许多道歉的话，我什么都没说，只是默默地将他桌子上的一分五厘揣回自己的兜里。豪猪见状不解：

"你打算把它收回了吗？"

"原本我是不想受你的恩惠才还你钱的，后来想了想，还是先欠着你的人情吧，所以我决定收回。"

豪猪听后哈哈大笑：

"那你怎么不早拿走？"

第九章

接下来我们又简单地聊了聊。

"说实话，我一直想把这钱收回来，但碍于面子始终没拿，也觉得拿回来的话有些怪怪的。最近每天看着一分五厘钱，内心就觉得很痛苦，这种感觉特别让人讨厌。"

"你这个人啊，就是不肯服软。"

"你这个人也一样，很倔强。"

"你到底是哪里人啊？"

"江户。"

"哦，江户人啊，难怪这么不服输。我是会津的。"

"你是会津人啊，难怪这么倔强。"

"今晚的欢送会你去参加吗？"

"当然，你呢？"

"欢送会很好玩的，来了你就知道了，真想好好喝一杯啊！"

"要喝你喝，我吃完饭就走，傻瓜才去喝酒呢！"

"你这种人真是欠揍啊。不过也不错，这样才像个江户人。"

"随你怎么说。不过去欢送会之前你去一下我那儿，我有话要跟你说。"

每每看到南瓜，我的同情心都会忍不住泛滥起来。现在终于到了要为他饯行的这一天，我心里更难过，如果可以的话，我真想代替他调走。原本我是想在今天的欢送会上为他做个演讲的，也显得隆重一些，但我一张口就是江户口音，不太符合这个场合。所以，我才想到请豪猪来商量一下，看怎么整一整红衣变态。

豪猪如约而至。

我跟豪猪讲了一下大致的情况。我先从玛多娜说起，当然这些事他比我还要清楚，也讲起那天在野芹川堤防的事。总结起来，红衣变态就是个浑蛋。听我这样讲，豪猪有些不乐意了：

"除了浑蛋，你还会骂什么？那天在学校你也是这样骂我的。如果我是一个浑蛋的话，那么，他肯定就不是了，别把我们两个扯在一起。"

他这么说，我只好把对红衣变态的形容改为没骨气的书呆子，对此豪猪也比较赞同。

豪猪外表看起来健壮粗犷，但比我还不会骂人，大概是出生于会津的缘故。

最后，我也跟他讲了红衣变态要给我加薪以及学校要重用我的事，豪猪不屑地哼了两声，继续道：

"那他先要把我的职免了呢。"

"若真如此，难道你就任他免你的职？"

"怎么可能？他若是敢罢免我，我就拉着他一起被免职。"

我问他要怎么做，怎么可以罢免红衣变态的职，他却说还没想好。也不过是在说大话而已，看来他也是个有勇无谋的人。我跟他讲自己拒绝加薪的事之后，他很钦佩我，说我不愧是个江户人，很厉害。

我问豪猪，南瓜既然不想去，当初为什么不把他留下。他告诉我，南瓜跟他说这件事的时候，这件事情已成定局，没办法了。豪猪也曾找过校长两次，还找过红衣变态一次，就是为了这件事情，可惜都没用。

"说白了这件事情还要怪古贺太没有主见了，才会弄到今天这个地步。如果当初提出这件事的时候，古贺就拒绝掉，或者留个缓和的余地，说考虑一下再说也好啊。不过红衣变态太聪明了，逼得古贺当场就答应了下来，即便后来他母亲去哭闹也于事无补了。"

"这分明是红衣变态想要抢走玛多娜而排挤南瓜所使用的诡计。"

"可不嘛？那家伙外表看着很斯文，背地里却什么坏事都敢做，这件事要是有人怪罪下来，他总要先给自己找个脱罪的方法。对待这种人，最好的办法就是武力解决，否则没有更好的办法了。"

说着，他还卷起了袖子，显出了自己的肌肉。

"你看起来很强壮，会柔道吗？"

这时他胳膊上用力，肌肉都呈现出来了。我上手摸了一下，触感就像澡堂里的浮石。我不禁赞美道：

"就你这力道，撂倒五六个红衣变态都没有问题。"

"那是自然。"

他又晃动着向我展示了几下，看着都养眼。然后，我见豪猪将两条纸绳缠好后绑在手臂的肌肉上，他一使劲，绳子就断了。

"不过是用纸做的绳子，这个简单，我也可以。"

"你确定吗？那你试试看。"

他这样问我就心虚了，我怕出洋相就没试。然后半开玩笑地转移了话题：

"今晚的欢送会上多喝点儿酒，然后整治一下红衣变态和小丑，你觉得怎么样？"

"嗯，是得收拾一下他们……不过……今晚还是算了吧！"

"为什么？"

"若是选在今天，就有些对不起古贺了。要揍他们也要抓个现行，赶在他们做坏事的时候，否则我们不就是胡乱打人嘛。"

他说得没错，看来还是他想得周到。

"那么，今天晚上由你来致辞吧，好好夸夸古贺。我这江户口音太重，演讲的话气势不够。而且我这人还有个毛病，在公众场合讲话就会反胃，就想吐痰，它顶着喉咙让我没办法开口说话。所以，还是你来吧。"

"真是个怪毛病，为此你也很头疼吧？"

"也还好啦。"

聊着聊着时间就到了，我们两个就赶往会场。宴会设在花晨亭，是当地一家非常棒的料理店，我也是第一次来。据

　　说这里是用从前诸侯的宅邸改建的，从结构上来看，确实很庄严。不过这感觉特别像人们把战士们打仗所使用的盔甲缝制成一件小棉袄。

　　我们赶到的时候，几乎所有人都到齐了，这是一个足足有五十叠榻榻米大的房间，大家伙分成两三拨，各自坐在一块儿。房间里的壁龛也很宽，我之前在山城屋住的那个十五叠榻榻米大的房间，根本不能和这个比。从这里朝远处看，还能望出去四米的距离。房间的右侧摆着一个红色花样的陶瓷瓶，里面插着大松枝。我不知道它代表什么意思，只知道它能摆几个月，特别省钱。我问博物老师：

　　"濑户物陶器产自哪里啊？"

　　"那不是濑户物，是伊万里。"

　　"伊万里不就是濑户物嘛！"

　　听我这样讲，博物老师哈哈大笑起来。后来我才听说，只有濑户烧出来的陶器才叫濑户物。我是江户人，对这些不是很了解。

　　壁龛上面还有一幅超大的卷轴，我特意数了一下，上面有二十八个大字，每一个都跟我的脸一样大。不过，这些字写得一点儿都不好看。于是，我问中文老师：

"那些字为什么写得那么难看？"

"那些字可是出自海屋之手，是一个大书法家。"

管他是谁，我看这些字就是很难看。

过了一会儿，秘书川村开始请大家入座。我找了一个靠在柱子旁边的位置，然后坐了下来。狸猫穿着正式的日本和服坐在那幅卷轴前面，红衣变态坐在他的左侧，也穿得很正式。南瓜作为今天的主角，坐在狸猫的右侧，同样穿着和服。我穿的是西装，如果像他们那样正襟危坐的话，看起来会很怪异，于是我盘着腿坐着。体育老师身着黑色裤子，规规矩矩地坐在我的旁边。不愧是教体育的，姿势特别端正。

菜和酒都端上来后，领导们开始纷纷讲话。校长和教务主任也先后站起来致辞，他们好像事先串通好了，大意上都是：古贺是一名非常优秀的教师，此次调职是校方的损失，同时他们个人也深表遗憾，但由于他个人的原因不得不调职，这也是没有办法的事……他们在欢送会上脸不红不白地说着谎话，竟然一点儿都不觉得惭愧。尤其是红衣变态，数他最浮夸，竟然敢说失去这个朋友是他今生最痛苦的事情。他摆出那种惯有的亲切和蔼的姿态，说得跟真的一样，不了解他的人一定会被他骗到的。玛多娜估计也因此上了他的当。红衣变态讲话的时候，豪猪坐在对面，还跟我使了眼色，我用食指做鬼脸算是回应他了。

还没等红衣变态坐下，豪猪就站了起来。我一兴奋便忘乎所以地鼓起掌来，结果狸猫以及其他所有人都把目光投向我，我暗叫糟糕。豪猪继续说：

"对于古贺的调职，校长和教务主任刚刚都表达了他们的痛惜之情，而我恰恰相反，我希望他能够尽快离开这里。延冈虽然是个偏远的山区，生活上可能会有诸多不便，但听说那里民风淳朴，校园内师生之间的教学风气也非常不错。我相信那里没有整天说着言不由衷的赞美之词的人，也不会有道貌岸然的人当面一套背后一套地耍阴谋诡计。古贺他为人忠厚老实，我相信他到了那里一定会很受欢迎的。所以，我为古贺此次的调职而深感庆幸。最后，我祝愿古贺到达延冈后，能够在那里找到值得他追求的女子，早日成家，让那位不贞洁的男人婆后悔得无地自容。"

他一口气说完这些话，然后故意猛咳了两声才坐下。我多想拍手叫好，可惜不好表现得太明显。

豪猪坐下后，南瓜又站了起来，从头到尾跟每一个人打招呼致谢，说自己因为私人的原因要调到九州去，有劳大家在这里为他饯行了，他非常感动，也特别感谢校长、教务主任和各位老师的致辞，他一定不辜负大家的期望，同时也把祝福送给在座的各位。

南瓜还真是个老好人，简直不能更好了，连对不起他的校长和教务主任竟然也那么恭敬，如果只是表面上的客套也没什么，但看他说话的样子分明是真心地感激。按理说，狸猫和红衣变态应该因此感到羞愧才是，但此刻他们只是静静地听着，并没有任何特别的表示。

所有人都讲完了，宴席正式开始，到处都传出了喝汤的声音。我也喝了一点儿，但味道实在是太差了。小菜上的是鱼浆条，颜色发黑，像烤焦了的鱼丸。生鱼片太厚，吃起来就像在啃鲔鱼块一样。然而，我看旁边的人都吃得津津有味，估计他们也没吃过什么好的料理！

酒温好了以后，大家又开始喝酒，气氛越来越活跃。小丑毕恭毕敬地去给校长敬酒，看他那样子就觉得讨厌。南瓜开始一个一个地敬酒，似乎要敬每一个人，也蛮辛苦的。最后他来到我跟前，身上的和服还很平整，他恭恭敬敬地敬了我一杯，我也礼貌地回敬他，并向他表达了我这个刚来了没多久的新人对于他调职事件的伤感。我问了他启程的时间，想要送他一下，至少能够送到海边。他的意思是我也比较忙，就不麻烦了。不管怎么样，我已经打算好了，到时候请一天假去给他送行。

大概一个小时之后，场面就开始变得混乱了。有些人已经喝醉了，还口齿不清地嚷着"喝一杯吧！我叫你喝，你怎么……"我觉得无聊，就去趟洗手间，顺便在玄关那儿欣赏一会儿这古典风格的庭园。这时，豪猪走了过来：

"怎么样，我刚才讲得还不错吧？"

"基本上很好，但有一点我不赞同。"

"哦？哪一点？"

"你说延冈没有道貌岸然的人当面一套背后一套地耍阴谋诡计……是吧？"

"对。"

"你用'道貌岸然'来形容是不够的。"

"那应该怎么形容呢？"

"可以用来形容他的太多了，比如道貌岸然的家伙、扯谎大王、骗子、伪君子、奸商、畜生、耍诡计的小人、像狗一样到处乱叫的家伙等。"

"我可想不到那么多，也不像你说得这么溜。你挺会说的嘛，知道的词汇也比我多。"

"哪里，这是在吵架的时候用的，平常说话的时候就不行了。"

"是吗？我看你明明说得很好嘛，再来一遍我听听。"

"没问题，说几遍都行。你这个道貌岸然的家伙、扯谎大王、骗子……"

我正骂得过瘾呢，突然有两个人从阳台那边"砰砰"地跑了过来。

"好你们两个家伙——居然想偷偷跑掉——我告诉你们门儿都没有，我们去喝酒吧——骗子？嘿嘿，真好玩，骗子——喝吧！"他们一边嘀咕，一边把我们两个拉回屋里。他们原本是出来上洗手间的，结果碰到我们之后就把这个事给忘了，硬生生地把我们给拉了回去。醉汉总是这样，一不小心就会把真正要做的事给忘了。

"喂，各位，我把骗子给找回来了，是不是得叫他们喝上两杯，我们把他们灌醉吧……喂，别想逃跑。"

说完，他就直接把我按到墙壁上。我看了一圈，发现大家差不多已经把菜吃光了，有的人自己那份吃完了，还跑到离自己十米远的地方去吃别人盘里的食物。校长不知道什么时候离席了，这个时候已经不见踪影了。

　　这时，房间里又走进来三四个艺妓，嘴里还询问"是不是这里"。我有点儿惊讶，但因为被压着动不了，所以只能看看是怎么回事。我发现一直靠在壁龛柱子旁边，得意地抽着琥珀烟斗的红衣变态突然有了行动。来的那几个艺妓正好有一个与他打了个照面，她看上去比较年轻漂亮，还笑着冲红衣变态打招呼呢。因为隔得太远了，所以听不清她讲了什么，估计是在道晚安吧，而红衣变态却假装没听见，大步地朝门口走去了，可能是想随校长离开吧。

　　艺妓们走进来之后，几乎所有人都很欢迎她们，房间里的气氛彻底沸腾起来。有的人聚在一起玩起了游戏，有的人在吆喝猜拳，声音大得就像士兵演习挥刀杀敌一样。还有一部分人在不停地挥舞着双手，这场景绝不亚于达达剧团的戏剧表演。吵闹的声音不断地从四面八方传来：

　　"来，再给我倒上。"

　　"上酒啊！我要喝酒。"

　　场面如此吵闹混乱的时候，只有南瓜一个人在低头沉思。我猜他此时一定在心里想：这哪里是为了欢送我举办的饯行会，分明是为他们买醉而举办的，与其让我一个人孤独地在一旁待着，还不如不走这个形式呢。

过了一会儿，大家又开始唱起歌来。一位艺妓手持三弦琴走到我跟前，非要我唱一首。我拒绝了，她就敲锣打鼓地自顾自地唱了起来——"迷途的三太郎"，然后"砰砰"地敲着。她唱完之后还大叫"辛苦"，若真如此，唱个轻松一点儿的不就行了。

一个没留意，小丑就坐到我身旁，还用说书人的口气对身旁的姑娘说：

"阿玲，你刚见到自己想见的人，他就走了，真可惜。"

"不知道。"

艺妓紧绷着脸回应小丑。小丑也不在意，竟然借着三弦琴的伴奏，用他那令人作呕的声音唱道："偶然相遇……"艺妓抬起手在他的大腿上拍了一下说："差不多得了！"小丑反而笑得更灿烂了。我想起来了，她就是刚刚跟红衣变态打招呼的那个艺妓。被艺妓拍了两下就乐不可支，小丑这个样子还真是够愚蠢的。小丑请她给自己伴奏，说自己要跳《纪伊国》。他这个样子竟然还想跳舞！

另一端，上了年纪的中文老师张着豁牙的嘴，卖力地唱着《传兵卫》——"怎么能够那样说，我们的关系是……"

唱到这时大概忘词了，停下来问艺妓："接下来是什么？"他的记性也够差的。

一个人缠着博物老师说："最近有一首新歌，我唱给你听，你听好了啊——你梳着花月式的卷头发，头上绑着白色的缎带，骑着脚踏车，拉着小提琴，用流利的英文唱着经文——I am glad to see you."博物老师满意地点头："嗯，还带着英文，很好，很好。"

豪猪那边也在大声地喊着艺妓，原来是他想跳剑舞，想要艺妓用三弦琴给他伴奏。大概因为他太粗鲁了，艺妓们都没敢过去。见没人回应他，豪猪就拿着拐杖独自走到屋子中央唱起来——"踏破重山的烟云……"演起自己的拿手戏。

这会儿，小丑也唱完了《纪伊国》，跳了一支江湖卖艺人才会跳的舞，还表演了棚架上的不倒翁——全身的衣服都脱光了，只留下一个兜裆布，胳膊下面夹着棕榈扫帚，扯着嗓子唱"中日谈判破裂……"真是疯了一样，一边唱一边在屋里乱窜。

我看着始终安静地端坐在一旁的南瓜，看到他那满脸痛苦的样子就觉得可怜。我心想，这是为他举行的欢送会，他却穿得整整齐齐地坐在这里，看着别人穿着内裤取乐。于是，我到他的身边劝道：

"古贺，我们回去吧！"

"今天这个宴会是为我举办的，我先走了的话，太失礼了。你要是想回的话，就先回吧。"

"有什么关系呢？这哪里像欢送会，看着样子，分明是疯人会。"

我努力地劝说，正想走出去，小丑却在这个时候拿着扫帚跑到这边来，一边嚷嚷着说作为主角怎么能够先行离开呢，一边大叫着"中日谈判，不准回去"，还拿扫帚挡住了我们的去路。假如现在是中日谈判的话，他就是中国。我已经忍了他半天了，现在实在是忍不下去了，我举起拳头就朝他的脑袋挥了过去，他先是愣了一下，然后突然大叫道："好哇！你这个可恶的家伙，你竟敢动手打我，你怎么敢……"他胡乱地叫唤了半天，豪猪看到这边有情况，立马停止舞剑从后面跑了过来，然后抓着小丑的脖子就把他拉开了。

"中日……好疼啊，好疼啊！"小丑一边挣扎，一边念叨着，"简直太粗鲁了。"他被推倒在一旁，后来发生了什么我也不知道了。我和南瓜顺利地离开了，我们在路上分的手，等我回到家的时候都已经十一点多了。

第十章

今天是庆祝胜利的日子，学校依照惯例放假一天。练兵场举行庆祝典礼，狸猫要带领学生们去参加典礼，而我作为一名教师也要同去。这一天街上到处都插满了国旗，看得人眼花缭乱。我们学校一共有八百多名学生，体育老师按班分队，每队之间还拉开了一定的距离。为了维持秩序，学校给每个班级安排了一两个老师，其实也起不到什么作用。这些学生正处在叛逆期，他们当中大部分人的想法是，一味地遵守纪律而不敢搞点儿小动作的话就是孬种。所以说，老师的监管根本没有用。他们会在非规定的时间内高声合唱军歌，像市区里搞游行的群众似的。一旦需要他们安安静静的时候，他们叽叽喳喳地说个不停，好像不说话就会死一样。事实上，日本人的嘴的确不老实，不让他们开口说话简直太难了。而且他们不只是闲聊，他们最喜欢在背后嚼老师的是非。就拿上次的值班事件来说吧，我以为让学生们道个歉这件事情就算是圆满解决了，事实证明我的想法错了。尤其是跟房东太太聊完之后，我更加清楚地认识到了这一点。学生们肯向我道歉，无非是碍于校长的压力，走个形式而已。这就好比一个商人，他可以不断地向人低头，但私下里还是继续干他那些见不得人的勾当。所以，学生们也不会停止他们的恶作剧。别人跟你道了歉，你就信以为真地原谅他，那你就是傻子。可难道真的要把别人的歉意当作虚伪的行为，然后假模假式地接受才是正确的吗？恐怕要想让世人真正地意识到自己的错误，就必须通过武力的途径。

在学生们中间，我不断地听到"天妇罗面""汤圆"等词汇，我听不出来究竟是谁在讨论，因为人太多了。如果上前去质问，他们不会承认是在说我，反而会说我太敏感了，是我乖戾的个性在作祟。没办法，这就是封建体制的劣根性，也是这种穷乡僻壤难以摒除的恶习，不是光靠教育能够扭转过来的。我时常在想，若在这里待上一年半载，我是不是也会被同化。这种事情如果被他们巧言善变蒙混过关了，也是对我的一种侮辱，是因为我的愚蠢导致的。大家都是平等的，即便对方还是一个学生，但明明长得比我都高了，若不给他们一些教训，道理上也说不过去。可对付他们一定要小心，搞不好还会回过头来反咬我一口，说我先动手打他们，那岂不是我理亏嘛。没错，这样只会给对方留下辩白的余地，谁会想到我是受害者才会发起反攻的。但是任凭他们为所欲为的话，只会让他们变得更加猖狂，不知天高地厚的家伙早晚会惹出大麻烦，他日影响社会安定也说不定。所以，最好的方式就是以其人之道还治其人之身，用他们的方式回击他们，也免得落人口实。作为江户人采用这种方式确实不太光彩，但想想我身处的这种环境，想要不被同化简直太难了。因此，我觉得自己还是应该尽早回到东京，回到阿清的身边。若当初早点儿知道来到这种穷乡僻壤会让人堕落的话，我还不如去送报纸。

我不断地思考这些问题，木然地跟着队伍前行，可不知道发生了什么事情，队伍突然停了下来。我心里好奇，便绕到队伍的右侧，想看看前面发生了什么。我发现队伍是在大手阿和药师町的交会处停下的，队伍一会儿前进，一会儿后退，好不拥挤。体育老师不停地维持秩序，叫大家先安静下来。我问他究竟是怎么回事，他告诉我是我们的学生和师范学校的学生发生了冲突。

不知道是什么缘故，听说师范学校的学生和哪里的中学生相处得都不好。我觉得应该跟这里的风气也有很大的关系，乡下地方小，人们闲来无事的时候就可能靠打架来打发时间。我这个人也喜欢热闹，所以一听到有人打架就兴冲冲地往前跑，还听到学生们不停地喊着"'地方税'快退下去吧"，而另一方也不让步，直嚷着"退后"。我赶到事发地的时候，正巧听到有人下令"前进"，然后就看到师范学校的学生前进了。所以，这次的冲突事件在中学生的退让下平息了。果真如别人所说，师范学校的学生就是比中学生高出一等。

典礼的流程非常简单，狸猫讲话，县长讲话，然后所有的参会人员高呼"万岁"。

听说下午还有节目，我没什么兴趣，便先回了住处。我想回去给阿清写那封早该写的回信。由于阿清希望我能够多讲一些发生在这里的事情，所以我决定这次写得详细一些。然而，当我拿起笔的时候就不知道该怎么写了，因为事情太多了，不知道该写哪件。写那件太麻烦了，写这件又没有什么意思。我思考了半天，要想按照阿清的要求，然后写得既清楚又通顺，还要有趣，根本就不可能。我开始磨墨，拿起笔蘸了墨汁，然后就开始盯着信纸发呆，接着我又提笔蘸墨，又去磨墨。如此重复了好多遍。磨蹭半天，我发现真的写不出来，于是我放弃了。尽管她出于关心急于知道我这边的情况，但我还是觉得以后回东京的时候跟她当面讲比较好，要写出符合她要求的信来，比让我绝食三个礼拜还痛苦。

我放下纸笔，枕着胳膊躺了下来，我看着外头的院落，心里面想着阿清。我觉得我这样思念阿清，她在远方也一定能够感应得到，若真能与我心灵相通，那就不需要再写信了，只要让她知道我平安就好，遇到重大或特殊的事情时再给她写信就好了。

住处的庭院有十平，因为没种什么树，所以看起来空落落的。好在还有一棵橘子树长得不错，都能伸到围墙外，远远地就可以看到。每次回到家的时候，我都会急切地看一眼橘子树。我从小在东京长大，从没有经历过橘子的生长，所以觉得很兴奋。我目睹橘子由青变黄的过程，不禁感叹造物主的神奇。老太太告诉我，这些橘子美味多汁，成熟之后就可以吃了。我每天都盼着呢，再有三个星期就能吃了，这期间我应该不会搬走的。

我正想着美味的橘子呢，豪猪突然来了。按照他的说法，今天是个普天同庆的好日子，我们也应该改善一下伙食。然后，他就从袖子里掏出了一份竹叶包着的牛肉，扔在屋子中间。由于我最近吃的都是地瓜、豆腐，又不能去吃面和汤圆，正馋得厉害呢，所以他带来的这些正合我意。我从老太太那里借来锅和糖，然后开始烹饪。

豪猪一边大快朵颐地吃着牛肉，一边跟我说：

"红衣变态有个相好的艺妓，你知道这事儿吗？"

"这个我早就知道了，是欢送会那天来的那个吧？"

"没错，就是她。"

豪猪也是最近才知道这件事的，没想到我早就知道了，他很赞赏我的敏感度。

"那家伙假模假式地跟别人谈品德和高尚的精神，自己在背地里却和艺妓不清不楚地搞在一起，真是可恶。别人在外面瞎玩，他睁一只眼闭一只眼也不深究，却因为你去面馆和汤圆店的事耿耿于怀，还借着校长的口来跟你谈！"

"我估计在他看来面和汤圆属于物质文明，而同艺妓的交往则是一种精神享受。若果真如此，他大可以光明磊落地去做，干吗还偷偷摸摸的呢？那天他分明就是看到自己的老相好来了，才逃跑了。他这就叫欺骗，我是看不惯他的行为作风。别人问责的时候，什么事都推说不知道。闲来无事的时候，不是谈什么俄国文学，就是讲俳句和新体诗。别人答不上来，他就觉得自己了不起，实则是在岔开话题、掩盖事实。

他根本就没有男子汉的气概，我看他不是宫殿里的女佣乔装打扮的，就是汤岛男妖生的。"

"汤岛男妖？那是什么？"

"就是娘娘腔那种家伙。那个还没熟呢，吃了之后容易长寄生虫。"

"是吗？没事儿。红衣变态总是偷偷摸摸地去温泉附近的一个角落的房子里去找那位相好的艺妓。"

"你说的那个地儿，不会是旅馆吧？"

"旅馆兼餐厅。要我说，要想收拾他就得在看到他们俩走进去的时候，抓他一个现行，然后当面质问他。"

"你所谓的'看到'，不会是要去跟踪他吧？"

"是的，那不是有一家名叫'枡屋'的旅馆嘛，我们就在那里等着，在二楼的门上挖个洞，盯着他。"

"确定能够等到他吗？"

"当然了。不过一个晚上可不一定，怎么着也得两三个星期。"

"很累的！举行葬礼的时候，我熬一个星期就受不了，精神状态特别差，那个过程太痛苦了。"

"累点儿怕什么。对于这种小人，我们坚决不能放任不管，否则会给社会带来危害的，我们是在主持公道。

"好，听着就解气，那咱们说好了一起干。今天行动就开始吗？"

"不行，枡屋那边我还没沟通呢，等一等。"

"那你想什么时候开始？"

"就在近期，等我准备好了，我再告诉你，到时候你再来帮我。"

"好的，随时奉陪。我这个人不善于谋划，但出力绝对没问题。"

我跟豪猪正商量这件事的时候，老太太走了进来，说外面有学生找堀田老师，听说已经先到他家里找过了，无果才寻到这里的。老太太跪坐在门槛那儿，等着豪猪的回复。豪猪说了句"这样啊"，便跟着出了玄关。他倒是很快就回来了，说是学生邀请他一块儿去看庆祝会的节目。据说今天有从高知那边传过来的一宗特别的舞蹈，平时看不到的。豪猪想去，便也要我一同前往。我原本是没什么兴趣的，以前在东京的时候没少看。每年八幡神社祭祀的时候，都会请来市里各地的舞蹈团，不管是汐酌还是别的，我早都看腻了，更何况对于这种乡下的舞蹈我根本就没什么兴趣。不过豪猪邀请我了，我就跟他走一趟吧。出去的时候才知道，来找豪猪的竟然是红衣变态的弟弟，那个也很奇怪的家伙。

　　来到会场后，我突然想到回向院的相扑和本门寺的御会，天空中飘扬着各国的国旗，它们正被粗细不同的绳子悬吊着，这次与以往倒是有些不同，看起来更热闹一些。会场东侧是临时搭建的舞台，告知舞蹈一会儿就会在那里给大家展示。距离舞台右侧大约五十米的地方，用苇帘隔出一块展览插画的地方。人们都在高兴地观赏，但在我看来那是最无聊的事情。这种以摆弄花草为乐的事情，就好比在展示一个长相英俊却驼背的男人，或者类似于某人以丈夫的跛脚为傲。

　　舞台的对面一直在放烟火，偶尔还会有写着"帝国万岁"字样的气球被放出来。它们从城楼的松树上飘过，然后慢慢地飘到军营里面去了。紧接着你会听到砰的一声，然后在天空中发现一个黑色的球，直接在我们的头顶炸开，随之有蓝色的烟在空中弥漫。接下来还有气球不断地升上天空，上面红底白字地写着"陆海军万岁"。最终，这些气球会从温泉飘到相生村，甚至飞到观音庙。

　　上午典礼的时候人并不多，但此时这里却挤满了人。我实在想象不到，一个乡下竟然会有这么多人。懂事理的人或许没几个，可人口队伍却很庞大。不一会儿，所谓的高知舞蹈也开始了，我原以为是由藤间或什么人表演的，看了才知道跟我想象的完全不是一回事。

舞台上大约站了三十位男子，他们十人一排，总共分了三排。每个人都裹着抹额，穿着裙裤，手中还握着一柄刀，那阵仗还挺吓人的。两排之间的距离不过一尺五寸，左右之间挨得更近。舞台的末端还站着一个男子，他只穿了裙裤，胸前还挂着一个大鼓，应该就是太神乐的大鼓。接着这位男子一边敲着鼓，一边"啊哈、啊哈"地唱着能乐。这曲子我第一次听，特别怪异，听起来就像是三河相声和普陀洛舞混在了一起。

歌声和旋律悠然，给人一种软绵绵的感觉，就像夏天的麦芽糖。分段的时候，是以鼓乐为间奏，所以节奏感又很强。配合着这些节奏，台上的三十人舞弄着手里的刀，动作干脆利落，台下的人却为他们捏了把冷汗。每个人之间的距离最远的不超过一尺五，手里还拿着刀，任何一点儿差错都可能伤到人。人要是不动，只动刀的话或许还安全些。可此时，台上的三十人齐刷刷地做着踏步、侧身、转身、屈身、弯膝的动作，如果有一个人早一点或晚一点做动作的话，那么他的邻居可能就会被割掉鼻子或伤到脑袋。他们做动作没有什么束缚，但必须将活动范围限制在一尺五的空间内，而且所有的人要同时、同步、同方向行动。这种舞蹈的难度系数非常高，绝不是汐酌或关之户之流所能够比拟的。表演者能够配合得这么好，着实不易。那位看似轻松的指挥者也很关键，所有人的动作其实都是由他来指挥完成的。

我跟豪猪都已经看呆了，此刻正全神贯注地欣赏着台上的舞蹈。而此时，五十米外的地方突然传来"哇"的一声大叫，以至于所有原本看着表演的人都朝着那个方向涌了过去。之后又有人喊："打架了，打架了。"这会儿，红衣变态的弟弟从人流中挤了过来：

"老师，又打起来了。咱们这边的学生因为早晨的事情，又和师范学校的学生杠上了，还说要分个高下呢。"

说完，他又钻回到人群里，看不见踪影。

"这些小鬼真是难搞，怎么又开始了，他们不知道什么叫适可而止吗？"

豪猪一边说着，一边绕着人群朝那边奔了过去，大概是要过去镇压一下。我也不能袖手旁观，便跟了过去。现场陷入了一种胶着的状态，师范生那边估计有五六十人，而中学生这边则至少多出来三成的人。师范生们还穿着制服，而中学生们在典礼介绍后大部分都换上了和服，所以两方敌对分得特别清楚。但是，他们现在已经扭打在一起了，想拉开他们都无从下手。豪猪也觉得这种状况很让人头疼，可也只能在旁边干着急。他告诉我如果警察来了就麻烦了，我没回他的话，而是直接跑到打得最凶的地方。这个时候我也不想太粗暴，这可能会影响到学校的形象。于是，我尽可能地提高音量，让他们住手。我本想找个相对有利的地方穿过去，可事实上，我还没走出多远呢，也就三四米的距离便动不得了。我身旁的位置，一个比较高大的师范生正和一个十五六岁的中学生厮打呢。我抓着他的肩膀，冲他喊道："叫你住手没听见吗？"我正要把他们拉开，却突然被人绊了一脚。我毫无防备，松开了抓着对方的手，直接跌倒在了地上，还有人踩在我的背上。我用双手和膝盖作为支撑，猛地跳了起来，才把后背上的那个家伙甩了出去。起来之后，我发现豪猪就在离我五六米的地方，夹在当中同样被挤过来挤过去，他也在那边不断地喊着："住手，住手，别打了！别打了！"于是我隔着老远冲他喊："这样下去不是办法啊。"也不知道他听到没有。

这时，不知道从哪儿飞过来一个石子，直接砸在我的颧骨上。与此同时，又有人拿棒子之类的东西从后背偷袭我。

然后我就听到有人在喊：

"老师竟然还参与打架！打他！打他！"

"这边还有一个大个的，一共两个老师，拿石头砸他们。"

我的火气一下子就蹿上来了，区区乡下人，竟然如此无礼。于是，我把火气都撒到了旁边的一个师范生的头上。这个时候，又有一个石头从我的头边飞了过去。我没有看到豪猪，不知道他那边怎么样了。我们明明是来劝架的，现在无端被骂不说，还挨了打。我冷静了一下，心想自己又不是胆小之人，他们把我当成什么了！别看我长得矮小，想当初也是打架群体里的头目。我现在竟然不明不白地参与到斗殴事件当中，还莫名其妙地挨了顿打。这时人群当中又骚动了起来，因为有人喊"警察来了"。于是，所有人都开始跑了起来。刚刚我还感觉自己像是在淀粉里游泳——根本游不动，现在好了，可以运动自如了。这个时候敌我双方保持一致的行动，全都往外撤，想不到这些乡下人逃跑的时候还挺有策略的，堪比克鲁泡特金 [1]。

---

[1] 克鲁泡特金：俄国将军，日俄战争时驻在中国东北的俄军总司令。

　　我看到了豪猪，他那件带有家徽的和服已经被撕得稀巴烂，此刻正在那儿搓手呢。看他那个样子，鼻子肯定被打了，此刻又红又肿，应该还出了不少血，看着就挺恐怖的。今天我穿的是一件带有白点花纹的棉袄，所以即便沾了些污泥，也不至于像他那般狼狈，就是脸颊痛得厉害。豪猪说："流了好多血呢！"

　　这里一下子赶到了十五六个警察，可他们来的时候，学生早跑了，于是我和豪猪成功地被捕了。我们将事件的详细经过都跟警察讲清楚后，他们还是要我们到警察局走一趟。因此，我们又跟局长汇报了一遍之后，才回到住的地方。

第十一章

第二天，睡醒之后，全身酸痛，应该是很久没打架才会这样，以后可不能这么托大了。我正躺在床上前思后想的时候，房东太太拿来一份《四国新闻》放在我枕头旁边。其实，现在的我连读报纸都觉得勉强。但转念一想，男子汉大丈夫，怎么能因为这一点儿小伤痛就一蹶不振呢？于是，我颇有些不情愿地趴在床上读起报纸。翻到第二页，竟然发现报上刊登了昨天自己参与的群架事件。报纸上刊登打群架的新闻我不奇怪，但是，新闻中居然赫然说着——中学老师堀田某，与一位刚从东京来此就任的傲慢某某，两人共同唆使纯良学生寻衅滋事，才引起的骚动。更有甚者，这两人现场公然指挥，还对师范生施以拳脚，并且还声明如下："一直以来，本县中学都以驯良校风而闻名全国。如今因为这两位的不正当行径，使本校声誉受损，连累整个市的风气也深受影响，为此，我们决定严加追究责任。我们坚信，在问责之前，相关当局一定会对这种恶劣人士严加处分，使其终身再无权利为人师表。"这附记在每个字旁边都用黑点强调，好像只有这样才能突出我们行为的恶劣程度。

原本还觉得全身痛到无法起身，这一晴天霹雳却非同小可，惊得我由床上一跃而起，仿佛全身的疼痛都在一瞬间消失了。

我将报纸揉成一团，愤然扔出院子，觉得还不够解气，又捡起来干脆扔进了厕所。报纸这种东西就是用来谎报军情，世上再也没有比报纸更能曲意胡说的了。我该解释的都说清楚了，居然还说什么从东京远道而来的傲慢某某。一旦出现"某某"的名称，大家肯定会想知道是谁。我明明就有名有姓，就算是想看家谱，我也毫不介意从多田满仲开始一一介绍过来。洗漱完之后，突然又觉得脸痛，便跑去问房东老太太借镜子。老太太顺口问我有没有看到今天的报纸。我便直言，看完之后扔到厕所去了，需要看的话可以去捡。老太太闻言吓了一跳，赶忙退下了。透过镜子看到自己的脸，还是跟昨天一样，伤口未见好转的迹象。人的脸面多么重要，如今却伤成这样，还被公然蔑称为傲慢的某某，这件事实在是令人难以忍受。

但是如果因为报纸上不公正的新闻，就不去学校，这件事必然会成为懦弱的烙印伴随着我。所以，吃过早饭，我便第一个来到学校。学校里上上下下的人看到我的脸，都毫不掩饰地笑，我完全不明白哪里好笑，难道是你们替我挂彩了吗？过了一阵，小丑来了。"南瓜"的饯别会上挨了我的拳头，不知道是不是记恨已久特意跑来寻仇的，没完没了地调侃我。我没好气地回应道，话怎么那么多，不如去舔画笔。他不怀好意地问："真对不起，很疼吧！"

我还嘴道："我疼不疼关你什么事。"几乎是拼尽力气喊出来的。

他不再应声，走回自己的座位。但仍然频频回头看我的脸，与坐在旁边的历史老师边议论边笑。

一会儿，豪猪也来了。他的鼻子都紫了，肿得老高。好像伸手碰一下，就会流出脓来。也不知道是不是因为比我"傲慢"，所以受的伤比我重。

我与豪猪并桌而坐，关系亲密，并且两个人都处在办公室门口的位置，也许正是因为这样，运气也都很差。此刻，两张肿胀扭曲的脸放在一起，其他人只要感到无聊，眼光就会落在我们身上。虽然嘴里说着同情、安慰的话，但是心里一定在嘲笑我们，否则不会露出那样的笑容，还窃窃私语。

在走向教室上课的途中，学生们停下鼓掌欢迎，还有学生大喊"老师万岁"。我完全不明白他们究竟是真的欢迎我，还是故意挖苦我。于是，我与豪猪变成万众瞩目的焦点。也只有红衣变态一如往常地走过来安慰我说：

"太倒霉了，你好无辜。关于报纸上那些胡诌八扯，我已经和校长商量过对策了。现在请求已经办好，你千万别担心。这都是我弟弟去找堀田，才挑起来的。真对不起。这件事，我一定会尽全力，请千万别见怪。"

他由衷地过来道了一番歉。

到了第三节课时，校长从办公室走出来，说道：

"报纸上报道了一些让人很伤脑筋的新闻，但愿不会一发不可收拾啊。"

看他说话的样子，似乎很是忧心。我才不害怕，如果他要辞退我，大不了在他开口之前自己请辞。但是自己并没有什么过错，如果是自己辞职，说不定那家报社会用更加让人误解的言辞报道。因此，在辞职之前，必须要报社更正之前的新闻。所以我决定暂时先不辞职，然后下班先去报社谈判。最后因为学校出面要求报社取消报道，所以我就没去。

我与豪猪抽时间去了一下校长办，跟校长和教导主任说明事情的真相。两位认为，应该是报社与学校不睦，所以故意歪曲事实。红衣变态专门向休息室的人解释我们的行为，并且说这件事是自己的弟弟挑的头。他就像是自己犯了错似的，不停地强调是报社不好，我们根本没有错，只是平白受了冤屈。

准备回家的时候，豪猪赶忙说要小心红衣变态，感觉他有些可疑，如果不多加注意，说不定会遇到危险。

我接口道："他一直都是这样，又不是今天才可疑。"

豪猪听到之后，便很自信地谈起来：

"你发现了吗？昨天就是他让我们出去，结果到了现场就卷进了群架，说不定是他搞的鬼。"

啊，就是，太有道理了，我怎么没发现。我心里忍不住赞叹，豪猪真的是心思缜密，看起来这么大大咧咧，却比我聪明多了。

"他围观别人打架，却让报社歪曲事实，简直太奸诈了。但是要说红衣变态连报社都可以指示，我也不太相信。报社怎么会任凭红衣变态瞎指挥呢。"

"为什么不能听，只要报社里面有熟人就可以。"

"他认识报社的人？"

"不认识也没关系，可以对报社的人胡说，告诉他们自己知道真相，是这样，那样……报社肯定会出报道啊。"

"这也太损了，如果是红衣变态的阴谋，我们说不定真的会被开除。"

"说不定真的会这样。"

"如果是那样，我明天就辞职回东京，就算他求我，谁愿意留在这种不入流的地方。"

"就算辞职，红衣变态也不会觉得遗憾。"

"说得对，那怎么能让他发愁呢？"

"这种狡诈的人，不容易让人抓到把柄，想扳回一局哪有那么容易。"

"真是麻烦，就只能等着自己被这样欺辱吗？真生气，还有没有天理了？"

"我们先等两天，观察一下，必要的时候可以去温泉那边，抓他个现行。"

"你的意思是说，我们先不管打架的事情，然后再做打算。"

"没错，先抓住他的七寸。"

"也好，我不太擅长策略，就拜托你了。真到了必要的时候，我什么都做。"我和豪猪说到这一句，就相互道别了。如果红衣变态真的像豪猪说的那样，就是个十恶不赦的浑蛋。如果说斗阴谋，我肯定不是对手，所以只能靠武力来解决了。现在总算知道世界为什么战争连连，就是普通个人也会被逼到用武力解决问题。

　　第二天，我等报纸等得万分焦急。拿到报纸之后立即打开来看，然而，里面既没有声明昨天是误报，也没有撤销昨天的报道。我到学校去催狸猫，狸猫推脱道：

　　"也许明天，明天就会出来了。"

　　又过了一天，报纸上面用6号字，非常不显眼儿地刊登了一则取消前日新闻的消息。但是报社并没有声明要更正新闻内容。我便去找学校理论，校长说，这是报社唯一接受的妥协。校长虽然长得像狸猫，喜欢没事儿虚张声势，但是并没有什么权势，连乡下一个报社歪曲事实的报道都没有办法让对方正式道歉。我实在生气，就说自己去找报社的主笔。校长阻止道："那可不行，如果你去谈，就又让报社抓到话柄。对于报社的新闻，无论真假，都很难找他们理论，只能放弃，没有别的办法。"他像个和尚一样劝说道。

　　报纸如果成了祸害玩意儿，还不如早点儿毁了，也算给人类做点儿贡献。

听到狸猫的说教，就好像人上了报纸，就被乌龟咬住了一样。

三天之后的下午，豪猪怒气冲冲地跑来，说现在是时候了。看来已经下定决心进行原来的计划。

我问："真的吗？我也加入。"

我想马上参与，但是豪猪歪着头阻止："你还是别参加了。"

我追问为什么，他回答："校长找你了吗？要你辞职吗？"

我回答："没有啊？"又追问了一句，"你呢？"

他告诉我下午在校长办公室，校长说："真的对不起，也是迫不得已，希望你做好心理准备。"

"岂有此理，怎么会有这种公断人！那只狸猫肯定是自己心里打鼓，最后打翻了胃，才会这样分不清是非。难道我们不是一起去参加大会，一起看那群高知跳舞，然后一起阻止他们打架的吗？就算辞职，也应该公平对待，要求我们一起辞退才是！乡下的学校就这样不讲道理？简直让人难以理解！"

"这都是红衣变态的诡计。过去我跟他有宿怨，已经到了势不两立的地步。但是你对他来说并没有什么威胁，所以留下来也没有影响。"

"那，我怎样才能跟他势不两立？居然觉得我毫无威胁，这人也太傲慢了！"

"因为他们觉得你简单，留下来也好应付。"

"那更不能姑息，谁要跟他两立。"

"而且毕竟古贺离开以后，接任的老师还没有来，如果我们两个人都离开，就没有人给学生教课，会出现问题。"

"怎么，是想留下我充数吗？真可恶，哪个人会上当！"

第二天，我一到学校就去校长室谈判。我直接问校长："为什么不要求我辞职？"狸猫大吃一惊："什么？"

我问道："让堀田辞职却要留下我，这是什么道理？"

"这是学校方面的意思……"

"可是这是不对的想法，如果不让我走，那堀田也应该留下！"

"关于这个，虽然不能怪你，但是堀田离开，学校也是迫不得已的。你根本没有必要辞职啊。"

这家伙不愧是狸猫，说着一些完全不讲道理的话，却还泰然自若，我也没有什么办法，只好说："那我也要辞职。也许你觉得堀田走了我留下也没什么，但是你想错了，这种不近人情的事情我可做不出来。"

"那可不行，堀田已经辞职，你再离开，学校的数学课没人教怎么办？"

"这种事情我不管。"

"你不要这么任性，应当也为学校着想一下。毕竟你来这里还不到一个月，现在就辞职，对你未来的履历也会有不利的影响。所以还是三思而行吧。"

"我才不管履历不履历，对我来说义气更重要。"

"话这么说没错，你说得有些道理。但是也请替我考虑一下，如果你一定要辞职，也请坚持到代理老师过来以后再辞，请你回去之后重新认真考虑一下吧。"

什么"重新认真考虑一下"，这根本不是重新思考的理由。但是看狸猫脸色一阵青一阵红，我又有些于心不忍，只好暂时松口说"重新认真考虑一下"然后出来了。对那个红衣变态，我根本不屑交流，反正是要算账，到时候一起算总账才更重要。

当我把这番交锋告诉豪猪的时候，他回答早就知道是这样，然后叮嘱我，就算辞职也不要着急，到了必要时，再提好了。我就尊重了豪猪的建议。这么看，豪猪果然比我聪明，所以我决定按照豪猪说的做。

豪猪最终还是辞职了，他与同事们一一告别，走到海滨的港尾。之后却悄悄地折回来，躲在温泉市区一家名为枡屋旅馆对面的二楼，开始靠着纸门监视。这件事只有我一个人知道。因为红衣变态就算过来也得晚上了，毕竟黄昏的时候学生还很多，为了避开学生的耳目，红衣变态只能等到九点之后过来。

最初的两个晚上，我都监视到晚上十一点多，但却始终没有见过红衣变态的身影。又过了一天，从九点守到晚上十二点，还是没有任何收货。深夜回家之后颇感懊恼。

过了四五天，房东太太有些担心，告诉我作为有妻子的人，一定不能经常"夜游"。她说的"夜游"跟我做的夜游完全不同，我这是替天行道。即使我想替天行道，但是守了一个星期还是没有结果，难免觉得无聊想放弃。我是个热心人，但是性子急，虽然熬夜会全力以赴，但是却无法长久坚持。哪怕是扮演替天行道的角色，也还是会感到厌倦。到了第六天，我终于厌烦了，决定第七天的时候休息。但是豪猪却十分坚持，从黄昏的时间开始，就一直守在门边，一直坚持到十二点，不停地盯着十字路口拐角处的那盏路灯看。只要我出去一次，他就会说今天有多少客人出去，有多少客人住宿，有多少个女人之类的数据，让我大吃一惊。

我问他："他怎么一直不出现？"

豪猪说："放心，他一定会来的。"虽然嘴上这么说，但是仍然双手交叉在胸前，叹息了一声。

太可怜了，如果红衣变态不来，豪猪替天行道的梦想就一辈子都实现不了了。

第八天，我七点多才从家中踱步出来，慢吞吞地挪到温泉处，然后在市区买了8个鸡蛋——这是专门用来应付房东太太的盘问的。我把鸡蛋分成两拨，每个袖子里面塞了4颗，将红色的毛巾搭在肩膀上，揣着袖子走上枡屋的楼梯，打开门走进去。刚一进门，豪猪就急匆匆地告诉我："喂，希望来了，来了！"他那张大脸盘顿时因为兴奋而鲜活起来。昨天之前，明明还是郁郁寡欢的样子，连我都忍不住被他的情绪感染。现在看到他兴奋的表情，忍不住也觉得愉快起来，还没有问清楚来龙去脉就跟着应和："太棒了，太棒了！"

"今天晚上大概七点半的时候，那个名叫小玲的艺妓去了十字路口转角那家！"

"是跟红衣变态一起吗？"

"不是。"

"那有什么用？"

"是两位艺妓一起，但是我觉得有希望。"

"为什么？"

"什么为什么，就那种狡猾的人，说不定是让艺妓先进去，然后自己之后再悄悄进去。"

"还真有可能，现在已经九点了吧？"

豪猪从腰带中拿出怀表看了一眼，回答道："现在才九点二十。"接着又说，"把灯关掉，如果纸门上映出两个光头，一定会让别人起疑心的，更何况那只狡猾的狐狸。"

我把桌子上面的灯吹灭了，外面的星光透过纸门照射进来，还没有看见月亮。我与豪猪拼命地把脸贴在纸门上屏息以待。这个时候，墙上的壁钟发出了叮当的声响——已经九点半了。

"哎，真的会来吧？今天晚上再不来，我可不想这么守下去了。"

"只要钱还没花完，我就一直这么守着，一直坚持到最后。"

"钱？你有多少钱啊？"

"到今天为止，住了八天，交了五块六。为了方便随时走人，所以每天晚上都会结清。"

"你想得很周到啊，旅馆的人很惊讶吧？"

"旅馆的人还好，就是这么严密监视着，不能有一分一毫的松懈，很累。"

"你每天午睡吗？"

"午睡啊，就是不能外出，一点儿都不自由，有点儿受不了。"

"替天行道哪有那么容易。如果做到这么万无一失，还是没有成功，就太没有天理了。"

"不会的，今天一定会出现——"突然豪猪压低了声音，我赶紧提高警惕。这时看到一个戴着黑帽子的男人出现了，抬头看着路口的路灯，然后慢慢融进了黑暗的角落。一看不是红衣变态，我忍不住"啊"地叹息出声。这时壁钟又一次响起——已经十点了。看来今天又要白跑一趟了。

这个时间，附近已经变得非常安静，都能听到妓院的鼓声。月亮从温泉山后面探出头来，路上又明亮了几分。这时楼下传来了说话声，因为不能探出头去，所以不知道到底是什么人，只能看到身影渐渐走近，脚下传来木屐踩踏在地面上的声音。我斜眼望去，大概看到两个人的影子。

"现在可以高枕无忧了，'绊脚石'已经赶走了。"是小丑的声音。

"他就是有勇无谋，所以也反抗不了。"红衣变态说道，"他和那个说江户话的家伙倒是挺像，那个说江户话的哥儿很讲义气啊，真可爱。听到他说不要加薪，要辞职，我就觉得这人是不是脑子有病啊？"

我真想从二楼跳下去把他胖揍一顿，但是最终还是忍耐下来。看着这两个人说笑着走到路灯下面，然后拐进了十字路口的那家店。

"喂！"豪猪说。

"喂！"我说。

"出现了。"

"终于出现了。"

"现在可以放心了。"

"小丑那个家伙居然说我是讲义气的哥儿。"

"说我是'绊脚石'，是怎么说话呢！"

我和豪猪一定得在这两个人回家的路上，抓个现行才可以。但是我们却不能预测两个人会不会同时出来。豪猪便下楼去找宾馆的服务员，说我们半夜有要紧事办，到时候需要允许外出。现在回想起来，也不知旅馆为什么会同意，难道就不怕我们出去偷东西或者做什么违法犯罪的事情吗？

巴巴等着红衣变态出来，这的确是一段难熬的时间。更何况还要不眠不休地一直盯着纸门外面的动静，揣着一颗七上八下的心等他从那间房里走出来，这简直让这段时间更加难熬，可称之为此生之最。于是我提议，干脆我们直接闯进路口的那家店，直接抓现行好了。但是豪猪毫不犹豫地拒绝了。他说我们这样擅自闯入，就会成为寻衅滋事的不法分子，中途就会被拦下。如果诚实地告诉对方要找某人，他们一定会在我们到来之前溜之大吉，或者躲到别的地方。就算我们能够做到在他们毫无防备的情况下进去，但是也不能确切地知道具体是十几间房子的哪一间。因此，就算无聊，也还是需要坚持，没有别的办法了。于是这一坚持，就等到了第二天的凌晨五点。

好不容易盼到两个人从店里走出来，我和豪猪赶忙跟上去。

因为第一班火车还没有开动，两个人必须走到市里。走出温泉市区，马上就是一百米左右的马路，道路两边种的都是杉木，左右两边是田地，再往前走，耸立着盖着稻草的房子。走过房子，就是堵田盆地直达市区的堤坝。

我们就一直在他们身后悄悄地跟着，出了市区之后，自然可以随时动手。但是最好的地段就是那段没有人家、只有杉木的道路。走出市区之后，我们发足狂奔，追上之后把他们吓了一跳，还以为发生了什么，就回头张望。就在这个时候，我俩大喊："站住！"然后用手扭住两个人的肩膀。小丑吓坏了，准备溜之大吉。我赶忙冲上去，拦住了他的去路。

"请问教务主任，为什么在十字路口的拐角处过夜呢？"豪猪毫不留情地问道。

"教务主任怎么就不能在十字路口的拐角处过夜了？"红衣变态假装镇定地反问，但是脸色有些微微苍白。

"说什么为了方便管理，教师不能在任何面店、汤圆店出入。既然这么严苛，又为什么跟艺妓在外过夜？"说话的时候小丑一直在寻找时机开溜，因此我让自己警觉起来，紧紧地拦着小丑，忍不住诘问道："凭什么说我是'说江户话的哥儿'？"

这时才发现自己一直紧紧攥着袖口。因为刚才"追捕"的路上，袖中的鸡蛋滚来晃去，只有攥紧袖口才能防止它们晃动。这时我赶忙把手伸进袖中拿出鸡蛋，"呀"的一声丢在小丑的脸上。蛋壳碎裂之后，蛋黄和蛋清顺着小丑的鼻梁淌下来。小丑顿时受到了惊吓，"哇"的一声一屁股坐在地上喊起了"救命"。看到小丑坐在了地上，我才惊觉自己的这招实在干得漂亮。觉得心情舒畅之余，还高喊了几声："你这个可恨的家伙！可恨的家伙！"说着把鸡蛋一个接一个丢在小丑身上，扔完鸡蛋之后，小丑满脸都是黄澄澄、黏糊糊的液体。

我冲着小丑丢鸡蛋的时候，豪猪和红衣变态在一旁对峙。

"你有什么证据证明我和艺妓去住旅馆？"

"黄昏的时候，我亲眼所见。你还想抵赖？"

"我不需要骗你。我就是跟吉川两个人在那里住宿，至于艺妓是不是黄昏的时候从那里经过，与我并没有什么关系。"

"闭嘴！"豪猪大喝一声，同时一拳砸在红衣变态身上，抓着他一阵猛摇。红衣变态喊道："你这个不分是非，就知道使用暴力的人！不讲理！"

"不讲理怎么了？"说着豪猪又招呼了一拳上去，"你这种狡诈的东西，就是欠揍！"

豪猪说完，一阵暴风骤雨般的拳头落在红衣变态身上。与此同时，我也毫不客气地揍了个小丑痛快。最后，不知道两个人是因为疼还是有些晕，就躲在了杉树下。

"够了吗？不够再打一顿。"我们说着又举起拳头就打。

两个人赶忙求饶："够了，够了。"我转头问小丑："你也够了吗？"小丑忙不迭地回答："当然够了。"

"你们两个大奸大恶之徒，我们是替天行道！以后赶紧重新做人吧！就算你们巧舌如簧，天理也难容。"豪猪教训道。两个人不敢作声，也许是因为没有力气。

"我也不躲。今天晚上五点之前，就一直待在这里，如果有什么需要，或者想叫警察，都随便，尽管来找我。"豪猪说。

我也应声："我也一样，我就和堀田待在一起，如果报警，就快去吧！"

说罢，我们两个人就转身离开了。

回到住处，已经快早上七点了。我进门就开始打包行李，房东太太见状，吓了一大跳，赶忙问我这是做什么。我说要回东京把妻子接过来。于是付清房租之后，乘坐火车来到海边的港屋旅馆。进门就看到豪猪睡得香甜。我想马上就写辞呈，但是又不知从何说起，于是简单地写了两句：

"兹因私事，急回东京，特此请辞。"

然后把这封简单的辞职信寄给了校长。

船是晚上六点起航。我和豪猪经过这番折腾，精疲力竭，睡醒之后，已经是下午两点。下午问旅馆服务生，有没有警察来过，服务生否认了。

"看来两个人都没有报警。"说完，我和豪猪相视而笑。

就在当晚，我和豪猪同时离开了这块是非之地。船离岸边越远，我们就越开心。

再从神户返回东京的路上，一直到了新桥，我才觉得终于重返人间。那个时候我与豪猪分别之后，也没有再见面。

啊，差点儿忘了阿清。回到东京之后，没有先去租房子，而是拿着行李去找到阿清，告诉她自己回来的消息。阿清见到我，开心得老泪纵横，一个劲儿地感叹："哥儿，这么快就回来了。"

我开心地宣布："阿清，我不会再去乡下了，就跟你一起待在东京。"

再后来，我通过人家介绍，做了街铁的工程师。工资是一个月二十五块，房租用六块。虽然租的房子没有气派的玄关，但是阿清十分知足。可惜今年二月，她因肺炎，永远地离开了我。去世前，阿清对我说："哥儿，我死了以后，请你把我埋在哥儿家的佛寺。我会在坟里开心地等待你来。"

于是，我把阿清的坟墓也设在小日向的养源寺。

気直あなたは真っ
性でだよい
ご

你性格直率，这是品行好的表现。